集英社オレンジ文庫

誰にも言えない

丸木文華

本書は書き下ろしです。

もくじ

イラスト／ねこ助

誰にも言えない

はじまり

きゅる、と小さく腹が鳴る。

葵《あおい》は口の中の三つのキャンディをゆっくりと舌の上で転がした。

赤と白と黒のキャンディ。嫌になるくらい甘ったるい赤と、爽《さわ》やかで少し酸味のある白。黒は匂《にお》いが独特で、甘さは控えめ。それぞれの違った味があり、まったく異なるフレーバーだけれど、全部一緒に舐《な》めていると一粒一粒味わうよりも一層美味《おい》しく思える。

葵は宝石のようにキラキラ輝いているものが好きだ。何でも口に含みたくなる。キャンディ、ビー玉、ガラスのコップ、もちろん宝石そのものも。

おもむろに中指にはまったダイヤの指輪を光にかざし、その反射で肌の上に作られる不可思議な虹色の輝きを作る。

（綺麗《きれい》……）

冷たい鉱物の魅力には幼い頃から取り憑《つ》かれている。無機質な美しさ。成長の変化を伴《ともな》わない、命のない冷淡なきらめき。

　自然界の中ではただ鈍い光しか持たないものを、人間が磨《みが》き上げてこのまばゆい輝きを創り上げる。ただの石がこれだけ変わるというのに、人はいくら磨いてもダイヤのようには光らない。外見を人工的に整えても、心までは不可能だ。いや、心があるからこそ、宝石のように美しくはなれないのだろうか。鉱物に心はない。だからあの透徹《とうてつ》した美を表せるのに違いない。

「葵、泳がないの？」

　ビーチベッドで寝そべっている葵にプールの中から声がかかる。そこにいるのは色鮮やかなジュエリーのように輝く美しい友人たち。

「こうやってのんびりしてる方が好きなの」

「ババアだなー。そんなパラソルの下にいて焼きもしないのにつまんなくない？」

「葵って泳げないんだっけ。教えようか？」

「私の泳ぎ方、一族に代々伝わる古式泳法だから恥ずかしいの」

　前に偶然ユーチューブで見た日本伝統の泳ぎ方を思い浮かべながら適当なことを言うと、何それぇ、と弾けるように笑い声が上がる。キラキラとした笑顔は揺れる水面よりも輝いている。周りで泳ぐ人々も、家族連れや若い男女など様々だったが、皆が自然とこちらに注目している。

美しいことは人を魅惑する。皆汚いものよりも綺麗なものの方が好きだ。何を綺麗とするかは時代と人によって違うのだろうけれど、いつでも若い女が集団でいればそれだけで生命のみずみずしさがあふれ溌剌《はつらつ》として輝いて見える。それは動物としての活力が最も満ちる時期なのだから、本能として魅力的に見えるのは当然のことだ、と葵は思う。

結衣《ゆい》、莉子《りこ》、そしてひまり――葵がよく遊ぶ三人の友人たち。彼女たちは若さと同時に人並み以上の美しさとステータスを持っている。

美しさのみで言えば、最も優れているのは結衣だ。彼女はモデルをしている。身長は百六十八とモデルとしてはさほど高くないいけれど、実際の数値以上に長身に見えるのは、その類《たぐい》まれなバランスのためだろうか。細くスラリと伸びた長い手足、華奢《きゃしゃ》な胴体に繊細《せんさい》な首筋、小さな卵型の顔。人形のような体に、人形のように整った顔がのっている。ハーフかと思えるような派手な目鼻立ちだが、両親ともに純粋な日本人らしい。どちらにも似ていないので、それが原因で夫婦喧嘩《げんか》になったこともあったみたい、と結衣は笑う。

「結衣ねえ、」と彼女は自分を呼ぶ。もう二十歳《はたち》なのに子どもみたいと驚いたけれど、その甘ったるい声で言われると「私」などよりもしっくり来るような気がして、葵は何も思わなくなった。確か以前自分を名前で呼ぶ『嫌いな芸能人』常連のタレントがいたが、結衣はバラエティでの活動はしていないので今の所好感度に影響はない。もちろん、周りで結衣のそういう口ぶりを嫌悪して陰口を叩いている人たちもいるだろうけれど。

結衣が未だに自分を名前で呼ぶのは、子どもの頃から随分《ずいぶん》長くモデル活動を続けていて、そのキャラクターをもてはやされてきたからかもしれない。彼女は自分の魅力を知り尽くしていて、常にフォトジェニックで何をしていても絵になる。自身が撮られ慣れているのはもちろん、写真を撮るのも上手《うま》い。今日もスマホの他に一眼レフを持参してきて、それで撮った写真を転送してインスタにアップしているようだった。インスタ、ツイッターともにフォロワーは当然のように十万人はゆうに超えている。

「ねえ、今あそこの男、あたしたちの写真撮らなかった」

ひまりが反対側のプールサイドを見て目を吊り上げる。

「いいじゃん、別に。減るもんじゃなし」

「でも、気分悪いよ」

結衣の気のない返しに、ひまりは子どものように頰《ほお》を膨《ふく》らませた。ひまりは素直な性格で、好悪《こうお》をはっきりと口にする。

「結衣は撮られ慣れてるかもだけどさ、あたしは嫌だな。絶対あいつSNSにアップして拡散するよ」

「男と密会してるってわけじゃないんだから構わないでしょ。それともひまり、誰かに嘘ついてここに来てるの？」

「あ、もしかして練習サボってるとか？　まずいなあ、それ」

茶化されて、もう違うよお、とひまりは笑って水しぶきで友人たちを攻撃する。騒ぎながらの水のかけ合いが始まり、ビーチベッドの葵の方まで飛んでくる。

彼女たちといると、こうして勝手に写真を撮られることは度々《たびたび》あった。露骨にされなければ葵も特に気にしないが、ときには妙な意図で撮られることもあるので一応注意はしている。

（いちばんの原因は結衣だ。あの子がいちばん顔を知られてるし、目立つ。いつも最新のファッションを身につけてるし、ダサい服を着てたって誰より垢抜《あかぬ》けて見える。誰だって彼女が一般人じゃないってことはわかるだろうな。オーラあるし）

見た目もそうだけれど、芸能界が長いと思わされるのは、ほぼ毎日どこかのパーティーに参加してることだ。男も取っ替え引っ替えで、交友関係もとにかく派手——葵達を含め。それでトラブルも多いらしいが、葵にとって面倒と思えるそういう厄介事《やっかいごと》も、きっと結衣の生活の一部なのだろう。自分が発端で何か騒ぎが起きることを、楽しんでいる節もある。

「私、もう上がる。ひまりたちもそうしなよ」

莉子はそう言いながらすでに半身をプールから出して上がりかけている。もっと泳ぎたいらしいひまりは不満げに口を尖《とが》らせる。

「どしたの。莉子、泳ぎこんで体重落としたいとか言ってなかった」

「撮ってた男、さっきナンパしてきたヤツ。何か面倒なことになったら嫌だから」

「ええ、ナンパ？　ああ、それで飲み物買いに行った帰り遅かったんだ。莉子のこと、天下の荒川《あらかわ》先生だって知ってんのかね」

「やめてよ、それ言うの」

莉子は心底嫌そうな顔で口角を下げる。

莉子は高校生の頃に文学賞を取り華やかに文壇《ぶんだん》デビューした小説家だ。『荒川涼《りょう》』というペンネームで活動をしている。最年少で受賞ともてはやされ、その愛らしい容姿も相まって今に至るまで美少女作家として注目されているのだ。

葵も同い年の子が受賞したとテレビで見たので覚えていた。大学で出会ったとき莉子はさして化粧《けしょう》もせず受賞のときの顔のままだったので、すぐにあの子だとわかった。ただペンネームは覚えておらず、本人から聞くまで思い出せなかった。

「絶対知らない。本なんてエロ本しか読まなさそうな顔してたもん」

「それなら仕方ないわあ、見た目だけなら莉子なんていかにもえっちじゃん」

プールから上がった莉子の豊満な体を見て葵も頷《うなず》く。水滴の滴《したた》る豊かなバストは今にもピンクの水着からこぼれ落ちそうだ。下半身もたっぷりとして豊かだが、ウエストは適度に締まっているので太っているという感じもさほどない。四人の中で最も男好きのする体は間違いなく莉子だろう。グラマラスなボディに童顔な愛らしい顔立ちという、男の夢を体現したかのようなルックス。けれど、生半可《なまはんか》なナンパには絶対に乗らないであろうと断言できるのも莉子だ。

上にまとめていた長い黒髪を下ろしてタオルで拭きながら、莉子はブツブツ文句をこぼしている。一度愚痴《ぐち》が始まると、理屈っぽいだけに大層長い。

「あんな馬鹿そうなヤツに、ナンパできそうな程度の女って思われたのがいちばん腹立つ。絶対胸しか見てないもん」

「っていうか莉子をナンパできるのって誰だよ。古《いにしえ》の文豪とかくらいじゃないの」

「ナンパする文豪なんて嫌だよ。つまりナンパする時点で無理。私の見た目から入るのが無理。まず容姿は隠してテキストのやり取りで魅力的に思えるようなら、そこからがスタートね」

面倒くせえ！　と他の三人の声が揃《そろ》う。

「こんな小難しいこと言いそうに見えないもん。この四人の中じゃいちばん優しそうに見えるのに、詐欺《さぎ》だよねえ」

「口で言ったらいちばん毒舌《どくぜつ》だよ。莉子はギャップがひどい、ほんと」

結衣とひまりもプールから上がって銘々《めいめい》のタオルを手に取る。結衣の折れそうなほどに細い体はビタミンカラーの鮮やかな花柄の水着で彩《いろど》られている。ひまりの健康的に焼けた肌には白の水着がとてもよく映えた。

葵は自分の黒いフリルのワンピースにも見える水着を見下ろしながら、示し合わせたわけでもないのに、よくこうもそれぞれ違う方向性の水着を選ぶものだ、とちょっと感心する。服装も同様に、四人の身につけているものが被《かぶ》ったことは一度もない。趣味もタイプも性格もまったく違う。それなのに、一緒にいることが多いのは本当にふしぎなことだ。

再びどこかで鳴るスマホのシャッターを切る音。もう誰も注意を払わない。視線を向ければ向こうの思う壺《つぼ》だ。莉子は胸元を隠すようにパーカーを羽織《はお》りながら引き続き持論を語っている。

「でもネットの出会いなんて大体そうじゃない。ツイッターだって皆ツイートの内容でどんな人か判断するでしょう」

「テキストだけじゃいくら何でも好きにならないよお」

結衣は呆《あき》れたように肩をすくめる。

「そりゃ、莉子は作家だからそういうのに魅力感じるんだろうけどさ。でも大体、ネット人格と実際の人格って違うじゃん」

「それも含めてのプロデュース力が大事なの。文章で自分を飾れない低能な男なんて嫌よ。自己分析できてないってことだもの。表現は意思の疎通《そつう》を円滑にするものでしょ」

「えー、だけど口先だけって感じする。自分語りばっかり上手《うま》いヤツって他人のことどうでもいいとか思ってそうだし。何かインチキっぽい」

「それで言ったらインスタなんて皆インチキじゃない。見栄えがよければ何でもいいって感じ。幸せそう、楽しそう、リッチっぽい、オシャレっぽい、って皆に思われればそれで満足なわけでしょ。実物は関係なくてさ」

「それそれ、あたしそういうのほんと苦手なんだよね」

ひまりは雑に体を拭《ぬぐ》って葵の隣のビーチベッドに身を投げ出し、テーブルのメロンソーダを飲みながら口を挟む。伸び伸びとした小麦色のしなやかな体が美しい。

ひまりはスプリンターだ。全国大会で入賞経験もあり、数々の大会で優秀な成績を修めている。やはりそのルックスのために大きな大会に出る度マスコミが騒ぎ立てる注目株だ。快活で爽《さわ》やかな性格も好感を抱かれ、しょっちゅう特集番組なども組まれている。最近は様々なアスリートランキングにも名前が上がるようになってきた。将来のオリンピック選手の有望株と見られているらしい。

　涼し気で整った顔立ちで、日に焼けた肌と白い綺麗《きれい》な歯並びが爽やかだ。ポニーテールをなびかせて疾走するひまりは鍛え抜かれた競走馬のように美しい。

「朝起きたらインスタチェックしてー、フォロワー巡回してー、お返しのいいね作業的に押してさあ。フォロワーとかいいねの数でマウント取るヤツ、意味わかんなくない」

「ひまりのインスタのアカウントだって結構フォロワーいるじゃない」

「いるかもだけど、結衣より全然だよ。ていうか、そんなんで優越感に浸れるのが理解できないの。あたしは普通に自分の日常とかアップしてるけど、中には行ってもいないおしゃれなカフェとか高級レストランとか、海外旅行とかアップしてるヤツもいるじゃん。誰も嘘か本当かなんてわかりっこないから滅多《めった》にバレないけど、あたしはそういうことするヤツの気持ち全然わかんないの。虚《むな》しくなんないのかなって思っちゃう」

「いるよね。そういうことする人。最近色んな媒体《ばいたい》でテーマになってるよ」

　ペットボトルのお茶を飲みながら莉子が頷く。興味のある話題になると早口になるのでわかりやすい。

「あそこっていわゆる仮想空間に近いんじゃない。アバターみたいな。自分だけど、実際とはちょっと違うっていうか、『見せたい自分』を演出する場所って感じ。見せたくないものは当然出さないし、見せたいものを更に盛《も》ってアップするの。だんだんそれ自体が目的になっちゃって、『インスタ用の自分』みたいなのができていっちゃう。結衣なんかあれって全部自分で管理してる？　宣伝も兼ねてるんだろうから、事務所のチェックも入るんでしょ？」

「基本的には自由だよ。何かまずいことすれば管理されちゃうようになると思うけど……。ああ、そういえば、こないだ一悶着《ひともんちゃく》あったわ。結衣じゃなくて、大学の知り合いの」

結衣ははたと思い出したように小さく笑った。葵もインスタと聞いて例の一件が頭に浮かぶ。

「ああ、覚えてる。結衣、派手に言い合いしてたよね。中央広場でさ」

夏休みが始まる直前、結衣はキャンパスの広場で友達と大声で言い争いをしていた。というよりも、かなり一方的かつ短いシーンだったけれど。

葵はふとその場面を思い返す。半月ほど前のことだ。

「偽善者！」

女の金切《かなき》り声《ごえ》に、学食のテラス席にいた葵ははたとスマホから顔を上げた。葵だけでなく周りの誰もが、その尋常《じんじょう》でない叫びにギョッとして視線を向けている。

「本当はあたしのこと最低って思ってるくせに！　みっともないって笑ってるくせに！」

「だから、そんなこと思ってないって」

　結衣が少し呆れたような疲れた顔で、面倒そうに右耳の金のフープピアスをいじっている。目元はサングラスで見えないけれど、口角が下がっていかにも苛《いら》ついているのがわかった。

　キャンパスの学生たちの中に紛《まぎ》れていても、ひときわ目立つその容姿。誰でも結衣の前に立てば野暮《やぼ》ったく見えてしまうのは仕方がない。それでも、今対面している彼女はかなり頑張っている方だ、と葵は思う。流行の服、気を遣ったヘアスタイル、時間をかけたであろうメイクに、絞《しぼ》られた体型。綺麗、と呼ぶには十分な資格があるように思える彼女も、結衣の側にいると何とみすぼらしく見えることか。それに加えて、今は顔が歪《いびつ》に引きつってせっかく丁寧《ていねい》に施《ほどこ》したであろう化粧《けしょう》が台無しだ。

「別にいいじゃん、インスタなんて皆そうだよ」

　結衣は叫ぶ女を宥《なだ》めるようにいつもよりゆっくりと喋《しゃべ》っている。

「ちょっとよく見せたくてそういう『フリ』するのだって普通だし。誰だって多少は『盛る』でしょ？」

「嘘。さっき結衣の目、あたしのこと馬鹿にしてた。何だ、こんな女大したことないんだ、って。ダサい、カッコ悪い、って！」

「ああ、そう。じゃあ、もうそういうことでいいよ、面倒くさいから」

結衣は堪《こら》え性がない。あっさりと説得を諦めて切り上げてしまう。女はヒステリックに叫んで、走り去っていった。一体何だったのか。

「あったねえ、そんなこと」

結衣は水を拭き取った肌に防水の日焼け止めを塗り重ねながら、ため息を落とす。

「あの子の声、すごかった。ケンカだったの？」

「見てたでしょ。結衣、一方的に言われまくってただけだよ。マジめんどくさ」

「あれ友達？　っていうか、取り巻きか」

「うん。勝手にまとわりついて勝手にキレて、ほんとどうでもいい」

結衣は心底面倒そうにぼやく。

「盛ってたのがバレちゃったの」

「そう。結衣、あの子がその日の前の夜投稿したバーにいたんだよね。それ言ってみたら、いきなりキレられてさ」

「本当はいなかったってこと？」

「ってことでしょ。多分ネットで拾った画像適当に加工して上げたんだと思うわ」

「それバレないと思えるのがすごいよねえ。バレた後どうなるかっていう想像できないのかな」

「でもそういえば、あの子と付き合いあったのも彼女のインスタがある程度人気だったからかも。フォロワーの数とか、結構ハッタリになるよね」

結衣は首を傾《かし》げて斜め上を見て思案する。

「更新頻度《ひんど》もマメでさ。コメントとかもわりと返してて、いい子なのかなって思ったし。まあ、派手な写真上げてても大体実際に会うとつまんなかったりするけど。あの子も結構無理してる感あったなあ」

「だからインスタで頑張るんじゃない。実物よりよく見せようとしてさ。やり過ぎると収《しゆう》拾《しゆう》つかなくなって破滅する。そういう筋の話いくつか見たけど、実際もありそうだよね」

「それが嫌なんだって。ほーんと苦手」

ひまりはうんざりした声を上げながら腕を伸ばしてストレッチを始める。綺麗な形の筋肉が伸び縮みするのを、葵は思わずじっと見つめる。

「いつも思うんだけど、それって意味ある？　そこでいくら人気出たって、現実の自分は違うわけでしょ？」

「居場所だよ、居場所。皆認められたいもん。現実から離れてようが何だろうが、注目されて賞賛されればそれでいいの。さっき莉子がアバターとか言ったけどさ。実際、皆自分をもっと可愛《かわい》く見せたくて化粧するし髪型も作るじゃん。それと同じだよ」

「そういう気持ち、結衣はわかるの」

葵は純粋に疑問に思って結衣に訊ねる。認められたい、注目されたい、という願望はもう十分すぎるほど叶っているではないか。

「いいねの数とかそんな気にしてないけど、いっぱい見て欲しいって気持ちはわかるかな。そのためにアップしてるし。でも、必死過ぎなヤツとか正直面倒くさい。っていうか、葵まだインスタのアカ作ってないの？」

「皆が言うから一応作ったけど、まだ何も投稿してないから」

「もー、何でもいいから上げちゃいなよー。葵ならすぐフォロワー増えるしさあ」

「でも私、結衣みたいに写真撮るの上手《うま》くないし。インスタ映え、っていうの？」

「撮ってる内に何とかなるって。こういうのって慣れだから。写真の上手い下手《へた》より、皆葵の日常が見たいんだよ。セレブな生活をさ、覗《のぞ》いてみたいわけ」

セレブ。確かによくそう言われるし、それ以外に自分を形容する言葉は何もないだろうとも思う。謙遜《けんそん》は却《かえ》って嫌味に聞こえるので口にしたことはない。そのくらいの客観性はある。

葵自身は、特別何かに秀でているわけではなかった。ただ、家が旧財閥《ざいばつ》で日本でも有数の資産家なのだ。『麗《うるわ》しのセレブ一家』などと銘打《めいう》たれ家族で度々《たびたび》テレビに出ることもあるけれど、タレント活動をしているわけではない。

グループは銀行も不動産も鉄道も自動車も何でもかんでもやっていて、それを総括《そうかつ》する本家の娘である葵は、将来の心配は何もないものの、明確な目標というものが個人として存在せず、少しつまらないような気持ちもある。

そういうとき、葵は宝石を見つめるのだ。何の意志も感情も示さない、冷たい美しさを眺めていると、ふしぎと心が落ち着く。

形が美しいものは好きだ。そのために、この友人三人も眺めていると気持ちがいい。三者三様のフォルム。結衣はストイックな自己管理によって折れそうなほどに華奢《きゃしゃ》なスタイルをキープしている。莉子はふるいつきたいほど豊満で、メリハリのある体つきがセクシーだ。ひまりはさすがに鍛え抜かれたしなやかなアスリートの体つきをしている。

葵自身は三人の中庸《ちゅうよう》といったところだろう。自宅にジムがあるので、トレーナーに指示をしてもらい、適度な肉体を維持している。後は様々なメンテナンスだ。

大学で出会った四人は自然と集まって行動を共にするようになった。お互いまるで違う系統でありながら一緒にいることが多いのは、恐らく容姿やステータス、様々なものが自分にふさわしい、心地よいと感じられるからなのだろう。

同じ分野であれば比べ合う。違う立ち位置でもレベルに乖離《かいり》があれば話が合わない。そんな条件を自然とクリアしていて、何の嫉妬《しっと》も引け目も優越感も気まずさもない、いい友人関係でいるのに最適なバランス。

そう、一緒にいるいちばんの理由は、お互いを引き立て合うことができる『素敵なアクセサリー』であることなのだろう。隣にいれば自慢になる。自分が低く見えることもなく、かといってブランドを落とされるわけでもない。女友達は見栄えがよく、そして自身をより価値あるものに見せられる存在が最高だ。

ただ、葵がこの三人の女たちを気に入っているのは、まったく別の理由からなのだが。

「何かお腹空かない？　お昼食べてわりと経つし」

「そうだね。じゃあ少し早めに始めよっか。コテージでバーベキューの用意してもらってるから」

「え、すごい！　バーベキュー大好き！　やったあ！」

「ひまりめちゃくちゃ食べそうー。結衣つられたらヤバイなあ、撮影近いのに」

「食べてもいいんじゃない？　また泳げばいいよ」

「莉子はいいよね。カロリー全部胸にいくじゃん」

「胸だけじゃないってば。私満遍《まんべん》なく肉つく体質なの。これでも気ぃ遣ってるんだから」

大学二年目の夏休み、葵は友人たちを家が所有する那須《なす》のコテージに招待した。大きな別荘もあるけれど、何人もメイドやスタッフがいて、友達を集めるには何となく居心地が悪い。修学旅行のようにコテージ一軒の中で勝手気ままに楽しんだ方がいいだろうとこちらを選んだ。

この別荘地にはプールとテニスコートとゴルフ場、いくつかのレストランと、一帯を管理する事務所がある。その他にはコンビニもなければ映画館やクラブなどの娯楽《ごらく》施設もないし、高速インターチェンジを出てすぐの色々と賑《にぎ》わっている界隈《かいわい》からは遠く離れて本物の静かな自然が広がっている。

この夏季休暇の時期には別荘の所有者やコテージを利用する人々が集まるので、なかなか騒々しい風景になるものの、それもシーズンが終わってしまえば閑散《かんさん》としてしまう。人《ひと》気《け》のない山奥は物寂しい。中途半端に開発され人の手が入っている場所には獣もやって来ないので、鳴き声も聞こえない。夜の冷たい静けさは重みを感じるほどだ。

四人でコテージに移動すると、電話で葵が頼んでおいたバーベキューの準備はすでに進められている。ひまりが歓声を上げて生き生きとして食材の下ごしらえや焼くのを手伝い始める。

「私、こういうところ好き」

莉子はコテージのテラスから日の落ちかけた遠い空を見上げて呟《つぶや》いた。夕焼けの光に照らされた白い横顔は、神聖と思えるほど清らかな美しさがある。

莉子の美を形作るいちばんの要素は肌の色となめらかさだ。シミひとつないミルク色の皮膚《ひふ》は水に濡れた真珠《しんじゅ》のようにみずみずしく輝いている。少し離れ気味の丸い奥二重《おくぶたえ》の目や、低いけれど綺麗《きれい》な形の小さな鼻や、やや受け口気味の薄い唇は、下膨《しもぶく》れの顔に収まると全体的に見て美人というよりは愛らしい。

そして、やはり莉子の印象を『美しい』ものにしているのは、その皮膚の質感なのだ。思わず触れてみたくなるような柔らかな透明感。常に清水に洗われているかのような潤沢な輝き。そのグラマラスな体つきも相まって、同性の葵から見ても、抱いたらさぞ気持ちいいのだろうなどと想像してしまう。

「原稿に詰まったら個人的に来ようかな。集中できそう」

「人がいない方がいいってこと？」

「それもあるけど、環境を変えたいの。東京から一時間ちょっとくらいで来られるし、煩《わずら》わしいものから離れられそうだし」

「私は文章なんてそんなに書かないからわからないけど、やっぱり静かな場所の方が捗《はかど》るものなのかな」

葵の質問に莉子は下を向いて考えている。

「私はそう。雑音があるとだめ。でも、中には喫茶店とかファミレスの方がよく書けるっていう人もいるし、それぞれじゃないかな」

「大変だね。自分の中にあるものを外に出すって、難しそう」

「それって、さっきのインスタとかの話題と同じでしょ。形は違えど表現だからね。そういうものに秀でた人に、やっぱり私は惹《ひ》かれるんだと思う」

莉子が思い通りの恋愛をするのはきっと難しいことだろう。彼女の感性は繊細《せんさい》で、それに耐えうる男はとても少ないように思えるからだ。しかし同時に、もしかすると妙な男にビビッと来て、突然の熱烈な恋に落ちてしまうかもしれない、と思えるようなエキセントリックさもある。彼女の書いている小説の内容がそうなのだ。繊細で、丁寧《ていねい》な言葉がお行儀《ぎょうぎ》よく並んでいるのに、展開は突然暴力的なものになったり予想もしない悲惨《ひさん》な結末を迎えたりする。その落差が、莉子という女の複雑さを表しているような気がする。

周りには冷淡と思えるほど客観的な観察眼を持っているのに、自分のことに対しては極端に視野が狭いというか。誰よりも柔らかでなめらかな質感を持っているのに、中身は誰よりも尖《とが》ってガサガサしている。そういうものを内包していなければ、作家にはなれないのだろうか。

「ねえ、これ、近くの牧場の牛だって。豚も羊も！　ソーセージも近くのお店の自家製らしいよお」

ひまりはバーベキューに夢中だ。肉を焼く食欲をそそる匂《にお》い。野菜もこの周辺で採れたものだ。ビールとワインも地元で造られたもので、最近種類も増えてきた。

ビールを飲みながらせっせと肉や野菜を焼いて食べているひまりを見ていると、生命力そのものの力を感じる。アスリートが皆大食らいというわけではないだろうけれど、間違いなく新陳代謝《しんちんたいしゃ》は常人よりも高いだろうし、出ていくものが多い分、摂取《せっしゅ》するものも増やさなければならないはずである。

もしも莉子とひまりが二人だけで出会っていたなら、きっと友達にはなっていない。それくらい感性が真逆だ、と葵は思う。これは単純に葵がそう感じているだけであって、二人の中では案外違うのかもしれない。

莉子はひまりを「根っからの性善説論者」と評する。確かにひまりは何でもいい方向に解釈して、何を言われても絶対に悪く受け取らない。好きなことは好き、嫌なことは嫌とはっきり口にするものの、誰かの言動を推し量って邪推するようなことはまったくしない。

莉子は正反対だ。ひねくれている、と言ってもいい。仲間内のことでさえかなり厳しい物言いをする。

「結衣って時々男のことしか考えてないバカ女に見える。男に媚《こ》びてることしか言わないし、男を喜ばせようってことで頭の中いっぱいって感じ」

以前一度結衣がパーティーに葵たちを呼んだことがあった。お酒を飲んで騒いではしゃぐことが大好きな結衣はいわゆる『パリピ』で、毎晩のようにどこかしらの宴会に参加している。その夜のパーティーは結衣がお気に入りの青山《あおやま》のレストランを借り切って開いたもので、内緒で男友達の誕生日を祝う会だった。内装もおしゃれで居心地がよく、料理も飲み物も美味《おい》しかったけれど、実質ほぼ合コンのようなものだった。

そこで莉子は「何が面白いのかわからない」と早々に帰ってしまった。酔っ払ったモデルの男が「おっぱい大きいね」「何カップあるの」などとバカ正直に言ったものだから、可愛《かわい》らしい見た目に反してトガッた女である莉子は、いたく憤慨《ふんがい》して桃色のスカートを翻《ひるがえ》して出て行ってしまったのだ。「バカ女」はその翌日、大学で会ったときのセリフである。もちろん、結衣のいない場所でだ。

「結衣はサービス精神がすごいんだよ。昨日のパーティーも結衣がホストだったじゃん。だから皆を楽しませようとしてたんじゃないかな。男友達が主役だったから、周りの男らも立てただけなんじゃない」

ひまりは『性善説論者』らしく結衣を庇《かば》う。これには葵も賛成だった。けれど、結衣には莉子の言っているような部分がないこともない。結衣は男に愛されている自分が好きなのだ。すぐに男と寝る尻軽でもある。それは事実だ。

「安い女に見えるし、ああいうの私は好きじゃない。男のために生きてるって感じの女、いちばん嫌いなの。男の存在で自分の価値を保ってるような女」

「えー、でも」と性善説論者が不満げに口を開いたので、永遠に合流しない論争の予感を覚えた葵は口を挟む。

「結衣が男好きなのは確かだと思うけど、あの子それだけじゃないじゃん。モデル第一線でずっと続けてたのは、結衣の力だと思うな」

すると、莉子は素直に「そうだね」と頷《うなず》いた。莉子は周りのことにはとても客観的なので、自分の見た事実や数字や成果しか信じない。だから、結衣のモデルとしての経歴を思い出させれば、自分の視野が狭くなっていたと思い出して納得するのだ。

莉子はもちろん葵を批判したこともある。曰《いわ》く、『すべて他人事《ひとごと》の傍観者《ぼうかんしゃ》』。

「葵は何かに夢中になったことってある」

学校帰り、カフェでお茶をしていたとき、藪《やぶ》から棒《ぼう》にそんなことを聞かれた。改めて考えてみると、確かにちょっとわからない。

「多分ないかな。何で？」

「そんな感じする。必死になったことなさそうっていうか。お嬢様だから欲しがる前に何でも与えられてそうなっちゃうのかな。でも、ワガママなセレブなんていっぱいいるし。葵は何にでも寛容だし、誰にでも優しいし、平等でしょ。でもそれって何も執着がなさ過ぎて、私からするとちょっと不気味」

「でも、私聖人君子《せいじんくんし》じゃないよ」

不気味とはよく言ったものだ。葵は内心莉子の感性の鋭さに感心しつつ苦笑いする。

「好き嫌いもあるもの。いちばん大好きなものは内緒なんだけど」

「何それ、どうして秘密にするのよ」

「企業秘密」

そう。うっかり口になんかできない秘密である。よしんば口が滑ってしまったとしても、誰一人理解できないだろうけれど。

「葵、ちゃんと食べてる？　さっきから飴《あめ》ばっかり舐《な》めてない？」

ぼうっと回想に耽《ふけ》っていると、ひまりが母親のようなことを言ってくる。

「食べてるよ、ひまりみたいにずっとモグモグしてないだけ」

「もっと食べなよお！　葵がまともに食べてるところ、あたしもしかして見たことないかも。ダイエットでもしてるの？」

「してない、してない。そんなに心配なら、焼けたお肉ちょうだい」

テーブルに置いてある紙皿を取って差し出すと、ひまりは喜んでそこに牛肉やら玉ねぎやらを放り込んでくる。受け取っても今食べる気はしない。他のものが食べたい、という気分のとき、葵はそれ以外のものを受け付けなくなってしまう。口の中でキャンディを転がし続ける。

「ひまり、今日本当はもっと泳ぎたかったでしょ」

「まあね。でも水泳って思うより疲れるじゃない。だからほどほどでよかったかな。夏休みだし、体休めないとね。今日は友達と遊びに来てるんだし」

「今ってシーズン中でしょ。練習とかって大丈夫なの」

「あたし八月は休むからいいの。シーズン中って体壊さないようにあんまりハードな練習しないんだよ。周りも皆案外夏休みしてる」

ソーセージを頬張《ほおば》り、ビールを飲みながら、ひまりは上機嫌だ。いつでも天真爛漫《てんしんらんまん》で競技に対しても柔軟な考え方を持っている。一秒以下を争う世界だというのに、ひまりからはそんなシビアな戦いの空気は感じられない。

「あたしは走るのが好き。無我夢中で走ってる間は、何も考えなくていいし、空《から》っぽの頭になるとすごく気持ちいいの。風になる感じ。むしろ風を追い越していくのかな」

いつだったか、そんな風に言っていたのを新鮮な驚きと共に聞いたことがある。何も考えなくていい、などと言うのは、普段考え過ぎている人間の口にする言葉だろう。それは例えば莉子のような理詰めで考えるようなタイプの発想で、ひまりがそんなことを口にするのはとても意外だった。

「だから、本当はタイムとか順位とか、どうでもいいのかも。でも、好きで走ってる内に、そういうものがついてきたんだよね。それで、期待されるようになって、この大学も陸上の推薦《すいせん》で入って。そういうところで、何となく無心になれなくなってる自分がいる」

「誰だって、何だってそうだよ。仕事も、最初から仕事として始める人がきっと大半だけど、創作活動とかもさ、莉子みたいな小説家も、最初は好きだけでやってたのが、だんだん周りの評価を気にするようになって、しがらみもできて、少しずつ変わっていくんじゃないの」

「そうかあ。きっとそうなんだね。それが大人になるってことなのかもね」

葵の言葉に素直に頷くひまり。三人の中ではいちばん化粧《けしょう》っ気がないけれど、素顔がいちばん彼女らしく美しいと思える。その笑顔は屈託がなくまるでまだ小学生くらいの少女のようで、ルックスだけでなく明るく快活な人となりがメディアにも愛される理由だろう。

ただ、ひまりは単純で素直なだけの人間ではない。あまりにも陽に傾き陰の見えないその表情には、ある種の不健全ささえ感じられる。彼女の極端なほどの悪意を感じ取らない性格。よい方向に解釈し転換する無意識の力。どことなくふわふわとしていて、マイナスの感情を持続して抱く力のようなものがすぽんと抜けているような。

装《よそお》っているのではない。けれど、何かが取り除《のぞ》かれてしまっているように思える。葵は、莉子がそのことを感じ取っていないのがふしぎだった。あまりに対極にあり過ぎて、光が強く眩《まぶ》し過ぎて見えないのかもしれない。

そう、莉子はきっとひまりに羨望《せんぼう》を抱いている。理屈っぽい人間は理解できないものを嫌悪するか崇拝《すうはい》するかどちらかだ。ひまりの美しさとは、その内側から発される太陽のような眩《まばゆ》さ。風のように駆け抜ける強靭《きょうじん》でしなやかな肉体と、壮健な心。僅《わず》かな影も落ちないその清廉《せいれん》さに憧れる人は多いはずだ。

「葵、ねえ、ビール取って」

白い頬を少し赤くして、ほどよく酔っている結衣にねだられる。あまりベロベロに酔わせると結衣は面倒な絡み方をしてくるので少し気にしていないといけない。

乞《こ》われるままに缶ビール一本を結衣の前に置いて向かい側に座る。バーベキューとビールの写真を撮って、早速インスタを更新していた。

「どう、楽しんでる」

「うん、さすが葵のご招待って感じ。こんな自然いっぱいなところ久しぶりかも」

「莉子、このコテージ気に入ってるみたい」

「へえ、莉子が？　意外と自然派なんだあ。確かに時々ならすごくいいけど、ずっとこういうところは無理だなあ」

「そりゃ、結衣はそうでしょうよ。あんたパリピだからパーティーとかそういうのがないと死んじゃうじゃん」

「何言ってんの？　死なないし！　パーティーなんかしょっちゅうなくてもいいけど、ネットがないとしんどいかなあ。それこそ、インスタとか……。ていうか葵、そのワンピ可愛《かわ》いいね。どこの？」

　話題があちこちへ飛ぶ。女子の会話はとりとめもないけれど、結衣は特にそうだ。常にアンテナが四方八方に伸ばされていて常に忙しそうに見える。

「どこだっけ。ママのお下がり。自分には若過ぎるからってくれたの。デザイナーの友達が贈ってくれたんだって」

「あー、確実に手が出ないくらい高いやつ！　ほんとお嬢様って羨《うらや》ましい」

「嘘。十分買えるよ、結衣ならさ」

「買えないよお。っていうか、葵のママ全然若いのにね。あんたの一家、セレブな上に皆めちゃくちゃ美形でほんと嫌になっちゃう。でき過ぎてると嫉妬《しっと》もできないよお」

「うちの家族なんかより、結衣の方がずっと綺麗《きれい》じゃない」

思ったことを口にすると、結衣は呆《あき》れた顔をして小さく舌打ちする。

「はあ？　何それ、嫌味？　ヤメヤメ、絶世の美女にそんなこと言われたって死にたくなるだけですからー」

「絶世の美女って、私が？」

「もう、何回も言ってるじゃん！」

両手を上げ、外人のようなオーバーリアクションをして、結衣は自棄《やけ》になったようにビールを呷《あお》る。

「結衣の周りにも、芸能界にも、どこにも葵くらいの美女いないから。スタイルも完璧《かんぺき》だし……すっごく痩《や》せてるわけじゃないのにそんなに綺麗に見えるの、本当ふしぎだよ。骨格が最高って言うしかないよね」

「そうなんだ……面白いね」

「はあ？　何が」

「私がそこまで綺麗に見えるってこと」

結衣は首を傾《かし》げて葵を凝視する。まるで見知らぬ誰かを見るような怪訝《けげん》な色がその目に浮かぶ。

「葵、酔ってるでしょ」

「え？　ううん、お酒なんて一口も飲んでないよ。酔ってるのは結衣じゃない」

「うん、まあ、そうなんだろうけど」

結衣は半笑いで葵を眺めている。何かを言いかけて、諦めたように肩を落とす。

「葵って浮世離れしてるけど、今日は特にちょっとヘンかも」

「そうかな。どんな風に？」

「何だろ……ほんと、純粋にヘン。せっかくのバカンスなのに、プールにも入らないし、バーベキューも全然食べてないし、でも何か目がキラキラしてて、ご機嫌で」

「だってワクワクするじゃない。何だか修学旅行みたい。今夜は四人だけでここで寝るんだよ。楽しそうじゃん」

「葵そういうのではしゃぐんだあ。知らなかった」

「莉子にも言われた。全部他人事《ひとごと》みたいで、何も夢中になったことないでしょ、って」

「莉子、相変わらずキツイ。でも確かにそんな感じだよ、葵は」

結衣はおかしそうに笑っている。綺麗に並んだとうもろこしの粒みたいな歯が輝いている。あんた、バカ女って言われてたんだよなんて告げ口したら、たちまちケンカが始まるんだろうか。なんて想像をしてみるけれど、そんな展開は面白くないのでやめておく。

今夜は楽しい夜にしなくてはいけない。皆で酔っ払って夜更かしをして、遅くまで色々話して、盛り上がるのだ。

結衣は思い立ったように席を立ち、ひまりに焼けたものを貰《もら》いに行く。ふわりと漂ってくる香りがいつもと違う。また香水を変えたんだ、と気づいた。

そういえば髪の色も甘いミルクティーのようなカラーから、ピンク系の明るいブラウンに変わっている。メイクは夏らしくゴールドをメインカラーに使っていて、ハーフのようにはっきりした顔立ちで大きな猫目の結衣は、どんなメイクをしても派手に見えた。それでもけばけばしくならないのは、化粧のやり方が上手《うま》いからだろう。

結衣はいつでも変化している。少しも停滞しない。中身は変わらないけれど、服も髪の色もメイクも靴《くつ》も、常に流行を先取りしてほとんど同じものを身に着けない。

莉子は内面と違って外見にしっくりと似合う白やピンク色や可愛らしい淡い色合いのふわふわした服ばかり着ている。メイクはナチュラルメイク。ファンデーションなんか必要ないほど綺麗な肌をしているので、白粉《おしろい》くらいしか塗らないのだろう。髪の毛はダークグレージュに染めている。若白髪《わかしらが》があるそうで、それを気にして常にカラーを入れているようだ。

莉子は結衣と違って流行に敏感というのではないけれど、自分の見た目や雰囲気《ふんいき》をよく知っていて、いちばん自分が魅力的に見えるものを選んでいる。

ひまりはとにかく動きやすい服が好き。スカートを穿《は》いているのは見たことがない。見た目にほとんど手間をかけないのは四人の中でいちばんだろう。夏はいつもひっつめたポニーテールにショートパンツを穿いていて、まっすぐに伸びた綺麗な脚を惜しげもなく晒《さら》している。でもそれがひまりの美しさを最も引き立てているように見える。もちろん、化粧をしたらとても綺麗になるだろうし、雰囲気もガラリと変わるだろう。ただ、それはあまりひまりらしくない気がする。そう思わせるのが彼女の魅力なのだ。

三人はバーベキューのグリルの周りで酔って騒いでいる。

「ひまり、あんたほんとずっと食べてない？　大丈夫？　そんなんじゃタイムめちゃくちゃ落ちるんじゃない」

「これくらい普通普通普通。むしろもっと食べないと力出ないよ。結衣なんてそんなつまみ食い程度じゃ夜中にお腹減っちゃうでしょ。莉子もあたしと同じくらい食べてるし」

「嘘、食べてないってば。ひまりの胃袋と一緒にしないでよ。私がいちばん太ってるからっていちばん食べるってわけじゃないんだからね」

葵はキャンディを舐《な》めながらそれを微笑《ほほえ》ましく眺めている。美しい友人たち。花にたとえるならば、結衣は華やかな薔薇《ばら》、莉子は楚々《そそ》とした百合《ゆり》、ひまりはやはり元気な向日葵《ひまわり》だろうか。自分は——値段の高い蘭《らん》といったところだろうか。

そんな想像をしながら悦《えつ》に入《い》る。本当に綺麗なものは見ていて幸福になる。

キュルキュルという腹の音が収まらない。紙皿に取った食べ物はスタッフに「食べるか始末して」と渡しておいた。

＊＊＊

騒ぎながらの飲み食いを終えて、焼き肉臭《くさ》くなった服を洗濯機《せんたくき》に放り込んでシャワーに入り、四人はコテージの二階のベッドルームでそれぞれ髪をとかしたりパックをしたりして就寝の準備をしていた。

「ほんと夜になると真っ暗だね」

ひまりはカーテンを指先で開いて怖々《こわごわ》と外を眺めている。窓の外には灯りひとつ見えない。まだ日付は変わっていないものの、夜は寝るしかないので他のコテージもすでに電気を消しているのだろう。そうすると、向かい側には山しかないので、都会では目にすることのない、星明かりのみの漆黒《しっこく》の風景が現れる。

「何かちょっと怖いかも」

「ねえ、せっかくだから、寝る前に怖い話とかする?」

葵がそう切り出すと、酔いの残っている三人はケラケラ子どものように笑い出す。

「えー、ほんと小学生みたい」

「怖い話なんて全然知らないよお」

「それじゃあさ」と葵は唇を舐める。

「一人ずつ、秘密の話しようよ」

「秘密の話?　どういうこと」

「誰にも言えない秘密を打ち明けるの。この四人の間だけの秘密」

「えーっ。怖い話より断然怖いでしょ、それ」

「そんな秘密ってそうそうある?　え、皆そういう話あるわけ?」

目を丸くしているひまりの言葉に、皆笑いつつ顔を見合わせている。けれど好奇心を抱いているのがありありとわかる表情だ。誰だって、他人の秘密には興味がある。

「ね、面白そうでしょ。人気モデルの秘密、新進気鋭小説家の秘密、有望スプリンターの秘密……皆知りたいよ。でも作り話はだめ。嘘もだめだよ」

「ほんとにするのお……秘密の話ねえ。何かあったかな」

「私、言い出しっぺだから最初に話してあげるよ」

葵の煽《あお》りに、結衣が手を叩いてさすが、などとはしゃぐ。莉子は半信半疑のような目をして「本気?」と葵を見つめる。

「うわ……美人セレブの秘密なんて、巷《ちまた》の週刊誌が喉《のど》から手が出そうなネタじゃん」

「そう、美人セレブの秘密。皆知りたいでしょ。どう」

「自分で言っちゃった」

「知りたいよ、そりゃあ。すごそうで怖いけど!」

「聞いたら、自分だって絶対に話さなくちゃいけないんだからね。約束」

葵は三人の顔を見回す。結衣はアルコールの昂揚《こうよう》を頰《ほお》に浮かべて頷《うなず》き、莉子は真剣な顔をしている。ひまりは少し怯《おび》えた表情をしているものの、好奇心を隠せず葵を見つめている。誰も「やめよう」とは言い出さない。

葵は満足そうに微笑み、ベッドの上で座り直した。

「じゃあ、教えてあげる。皆が大好きな秘密の話。美人セレブ? そうだね、そう見えるのかも。私の顔、本当は化物みたいなんだけどね」

　ああ、皆すごい顔。どう、摑《つか》みはオッケーでしょ。え？　そう、整形だよ。私の顔、直してないところなんてないくらい、全部変えてるの。

　昔の写真？　あるわけないじゃん。まず撮らないし、何らかの集合写真も絶対に断ってた。お金払ってでも写さないでくれって頼んだし、一緒に撮ろうなんて言われてももちろん全部お断り。まあそれ以前に、ほとんど外との接触断ってたから、なかなかそういう機会もなかったけどね。

　親？　兄弟？　ああ、そうだよね。一族全員美形の選ばれしセレブ一家なんて言われてるもんね。そう、私だけが化物みたいな顔で生まれたんじゃないんだよ。全員そうだったの。だから、全員整形。もちろん外から入った人はそのままだけど。私の母親とか。

　驚いた？　さすがにこれだけの秘密ってないよね。あ、作り話と思ってるでしょう。残念ながら本当だよ。私の家、代々本当にヤバイ顔の子どもしか生まれなくて、どんなに綺《き》麗《れい》な相手との間にできた子どもでも、絶対にうちの遺伝子が勝っちゃって、例外なく化物。すごいよ。ちょっとブサイクとかブスっていうレベルじゃないの。人間？　って思うくらいの醜悪《しゅうあく》さ。目が二つ、鼻の穴が二つ、口が一つあるねっていうだけ。写真なんか見せたら、皆今夜夢に見ちゃうよ。下手《へた》すると熱も出るかも。まあ、さっきも言ったけど、見せてあげたくてもないんだけどね。

何て説明したらいいのかなあ。悪意の塊《かたまり》の顔っていうのかな。地球上のマイナス感情全部集めて煮詰めて二晩くらい寝かせたら、きっとこんな顔になるのかなっていう感じ。ホラー映画に出てくるモンスター想像してみてよ。いちばんエグいやつ。もうそれで間違いないから。健康的にも問題なくて、先天性の異常っていうわけじゃないの。日常生活には何の問題もない。ただただ、醜《みにく》い。文字通りの化物の顔なんだよ。

だから子どもができたら、大体は一時的に海外に引っ越すの。海外で子どもを産んで、そのままそこで育てるの。ホームスクーリングって知ってる？　学校に行かないで家で教育を受ける方法。大体宗教上の理由とかで学校で教える内容が気に入らないとか、まあ色んな事情があるんだけど。日本にはない制度なんだよね。だから海外で暮らしていた方が都合がよかった。私はアメリカにいて、ずっと勉強は家庭教師から習ってた。なるべく他人と顔を合わせないようにね。

個人差があるけど、大体著《いちじる》しい成長が終わった後に整形して日本に戻るの。私は高校に入るのに間に合うタイミングで施術を受けた。だから高校からここに戻ってきたんだ。帰国子女枠《わく》でね。

お医者さんは代々うちの一族を受け持ってるところだよ。ちゃんと似せなくちゃいけないからね。それにこれはトップシークレット。ほら、うちってセレブだからさ。色んな商売手広くやってるでしょう。変な噂《うわさ》が出回っちゃうと困るわけ。

で、どうして皆化物顔になっちゃうか、気になるよね。確かにふしぎ。いくら遺伝子のいたずらだっていっても、ずっと普通の顔の人たちと結婚していれば、だんだん薄まっていくはずなのに。

まあ、ここからが本当の秘密。一応、理由としては、うちのご先祖様がやらかしちゃったってこと。その呪いなんだ。

あ、皆笑ってる。なあに、呪い信じてないの？　身近になければそんなものかあ。私だって最初はよくわかってなかったけど、例えばお話の中だけとか、一族に伝わる伝統がどうのこうのとか、そういうものだけだったら多分理解できてない。

でも、うちの場合、実際目に見える形で呪いが継続してるわけだからね。普通あり得ないじゃない、生まれる子どもたちが例外なく怪物みたいな顔してるだなんてさ。

「うちのご先祖様は、いわゆる山賊《さんぞく》だったらしい」

そのことを詳しく話してくれたのは、父親。昔からふんわり聞かされてはいたけど、ちゃんと聞いたのは中学校に入る年齢になってからだった。

私はその頃弟と母親と一緒にニューヨークにいてね。高層マンションでひっそり暮らしてた。閑静《かんせい》な田舎町《いなかまち》よりも、人がいっぱいいる都会の方が身を隠しやすいの。地元のセレブもたくさん住んでるようなセキュリティのしっかりしたところだったしね。そこに、父親は年に何回か来てた。そのときに話してくれたんだ。

「山賊って、それじゃご先祖様は山に住んでたの」

「そうだ。今で言う岡山辺り、昔の名前で備前《びぜん》や美作《みまさか》という土地に住んでいた。日本は火山の国だからね。島の中央を山が通ってる。昔は道もすべてがきちんと舗装《ほそう》されていたわけじゃなかったけれど、そういう山道を苦労して通らなきゃいけないこともあった。あの辺りは土地が豊かで、刀作りも盛んでね。人の行き来も多かったんだろう。その人達から金品を奪ったり、殺してしまったりして、生計を立ててるような輩《やから》だった。時には人里にも降りて、やっぱり同じようなことをして暮らしていたようだ」

「ひどい。人殺しじゃない。犯罪者じゃん」

「ああ。そうだ。山ほどひどいことをした。その中でも最も極悪非道な行いで、この呪いを受けたんだ。平安時代の中頃のことらしい」

父親は、そのことを詳しく説明するために、家に代々伝わる古文書のコピーを何枚も取って持ってきてくれた。私には読めないようなミミズがのたくったような達筆で当然意味がわからなかったけど、絵も描いてあったからそこは理解できた。

父親が指さしていたのは、まるで地獄を描いたような炎の絵。家も、人も、皆燃えてた。逃げる人たちは、いかにも悪そうな男たちに斬《き》り殺されて――そう、その悪人どもが、私達のご先祖様だった。

ひと目見ただけでわかったよ。だって、その悪意にあふれた鬼のような面相は、そのときの私そのものの顔だったんだもの。

「これって、火をつけて燃やして、更に斬り殺したってこと？」

「村ごと燃やしたんだ。家々に閉じ込めて火をつけ、周りを囲んで、逃げてきた村人たちは斬られた。誰一人生かしておかないように」

「一体どうしてそんなことしたの。ひど過ぎるよ」

「目的は、その村の宝だった。山深いところにある谷間の村で、海からも離れ人の行き来もほとんどなく、金や銀など特別なものが採れるわけでもなく、作物が満足に育つような豊かな土地でもなかったにかかわらず、その村は稀《まれ》に見るほど栄えていたらしい。それを聞きつけて、きっと何か秘密があるに違いない、と山賊は思ったんだな」

「それで、その村の宝物を奪おうとしたんだね」

そういうことだ、と父親は頷いた。

山奥にある村を栄えさせる宝物って、一体何だと思う？　私はわからなくて、すごく考えた。だってどんな宝物があったって、どうしてそれで村全体が豊かになるんだろう。きっと魔法みたいなものに違いないって当時は思ったの。だってそれ以外にないじゃない。擦ったら何でも願いを叶えてくれる魔神が出てくるランプとか、何でも望みのものが出てくるふしぎな箱とか。

確かに、そんなものがあったら奪ってしまいたくなるかもしれない。何より、ご先祖様は散々悪いことをやってきた山賊だもの。とにかく、そんなすごいものがあるって知っちゃったら、絶対に何とかして盗みに行くはずだよね。

「噂によれば、その村には宝に関する伝承があった。昔村人が村の近くで行き倒れていた旅人を助け、甲斐甲斐《かいがい》しく介抱してやった。すると、その旅人は神様の化身だったというんだ。善い行いをした村人たちに、神は富をもたらす宝物を授けた」

「神様が村人にくれたものだったの……？　だったらおかしいよ」

「何がおかしい」

「だって、それって村人のためのものでしょ。山賊が無理やり盗んで行ったって、効き目がなさそう」

「それが呪いに繋《つな》がるんだ」

父親は厳しい顔をして私を見つめた。

「ここに描かれた絵のように、ご先祖様は村人の宝物を奪い、そして村に火を放ち、村人たちを皆殺しにした。それ以来らしい。一族に生まれる子どもたちが、すべておぞましい怪物の顔で出てくるようになったのは」

私は思わず自分の顔に手をやった。自分自身だって鏡を見るのが恐怖になるほど、この顔は恐ろしいんだもの。それがずっと昔から続いてきただなんて、想像もできない。しかも、昔は整形だってできない時代だったのに。

「呪いは何世代にも渡って続いている。しかし、同時にその宝の効果は村人相手でなくても続いているんだ。その証拠が、現在の我がグループだ」

「うちがお金持ちなのは、その宝物のお陰なの？」

「ああ、そうだ」

父親は重々しく頷いた。

「明日をも知れぬ山賊暮らしだったご先祖様は、それからありとあらゆる方面で栄華の幸運を手に入れた。栄え続けた結果が財閥《ざいばつ》、そして今の繁栄《はんえい》に至っている。だから、いくら恐ろしい顔の子どもが生まれ続けようと、誰も宝を手放そうとしなかったのさ」

「その宝って何なの。うちの家に置いてあるの」

「そうだ。お前はまだ見たことがないはずだ」

確かに、私はアメリカで生まれて一度も日本に帰っていないと思う。記憶にある限り日本の家には一度も入っていないし、宝はおろか家の中だって見たことがない。

「それってどんなもの？　この古い絵の中には描いてないじゃない」

「宝は描けない。それくらい尊《とうと》いものなんだ」

「絵に描けないほど美しいってこと？」

私の質問に、父親は一瞬強張《こわば》った顔をして、「そうだ」と頷いた。

もしかすると、宝物といっても綺麗《きれい》なものじゃないのかもしれない。私は、そんなに貴重なものなら、ピカピカ光っていて、金色で、あるいは虹色の装飾があったりして、暗闇でランプみたいになるくらい光っていると思ってた。だって神様からの贈り物でしょう。そのくらい輝いていないと、名前負けしちゃう。

でも、父親の反応を見ると、きっと「美しい」っていう形容詞はつけられないようなものなんだ、ってわかったの。そうしたら、何だか嫌な気持ちになって、それ以上宝物がどんなものかっていうのは質問できなくなった。助けてもらったお礼に授けた宝物のはずなのに、それがもしとんでもなく醜悪《しゅうあく》なものだったら――そんなことをするのってどんな神様なんだろう、って考えて怖くなったの。

「その宝物を盗んだから呪いにかかったの？　それとも、村人たちを殺したから？」

「わからない。盗んだことが大きいだろう」

「呪いは、この顔だけ？　他には何もないの？」

そのとき父親は何も言わなかった。こんな顔の子どもが生まれ続ける以上に恐ろしいことなんてそのときの私には思いつかなかったから、とにかく怖かったのを覚えてる。

でも、宝物や呪いのことを考えてたのなんて、せいぜいそれから数日間くらい。日常生活を続けていれば、日々のことに関係ないものなんてすぐに忘れていく。

もちろん、呪いで醜《みにく》い顔にされたことは事実だし、それは毎日鏡で見ていることだけど、私は世間から切り離されて育ってきたから、思春期になっても自分と他人を比べてコンプレックスを持ったりはしなかった。

ただ、今はネットもあるし、調べてみたいことがあれば何だってすぐにわかるよね。だから、私は世の中で美しいとされる顔と、自分の顔があまりにも大きく違うっていうことは知っていた。

でもそんな情報を手に入れる前に、私は自分の顔がひどくおぞましいものなんだっていう自覚はあったの。鏡を見る度《たび》に、見慣れた自分の顔ながらゾッとするんだもの。何か変だな、なんて思ってみても、それがどう変なのかは小さい頃はよくわかってなかったけど。

一度、母親が目を離した隙《すき》に、勝手に部屋を出ちゃったことがあったの。

初めての、部屋の窓以外から見る外の景色。興奮してどこかに行きたくなったけど、エレベーターの乗り方なんて知らなかったから、非常階段を下りようと思った。でも、階段に続くドアが重くて開かなくてね。子どもがいたずらで出ないように、セキュリティがかけられてたのかな。

それでも、部屋の外に出たのは初めてのことだったから、私は浮かれていた。そこのマンションはビルの中が吹き抜けになってて、他の階が見えるような構造だったの。外を覗《のぞ》き込むと、吸い込まれるみたいな感覚がした。あそこは五十階建てで、私達の部屋は最上階だったから、ずっと下までが見えたんだけど、まるでどこまでも続いていくような穴に思えた。

そのとき、ひとつ下の階の廊下《ろうか》を、同い年くらいの女の子が歩いてるのを見つけたの。初めて直接見た家族以外の人間よ。しかも、友達になれるかもしれない年齢の女の子。私は嬉しくなって、手すりに顔を押しつけて、「おーい」って声をかけたの。

その子は上にいる私に気がついた。顔を上げて、私を見た。

そうしたら、どうなったと思う？

女の子は顔面蒼白になって、マンション中に響き渡るような悲鳴を上げた。そして、癇《かん》癪《しゃく》を起こしたように泣き喚《わめ》いて、どこかへ転がるように走って行ったの。

どうしてそんな反応をされたのか、私にはわからなかった。でも何だか怖くなって、母親に見つかる前に、急いで部屋に戻った。ただ外に出てみたかっただけなのに、どうしてこんなことになるのかわからなかった。

それから何日かして、母親が父親に電話で話してるのを聞いてたんだけど、それが多分、あの女の子の話だった。

「下の階の子が、急に高熱を出して寝込んじゃったんですって。それで、脳に後遺症が残ってしまったって。発熱の原因は不明なんですってよ。この辺りで変なウイルスが流行《はや》ってるのかしら。あなた、今度ここに来るときは気をつけてよね。子どもたちにも伝染《うつ》さないように」

私にはどうしてか、それが確実に自分のせいだってわかったの。あの女の子は、私の顔を見て、そんなことになってしまったんだって。

子どもながらに、さすがに怖くなった。母親が私を部屋から出してくれない理由もわかった。それはきっと、私のためというよりも、他の人のためなんだ、って。

だって「呪い」でなった顔なんだもの。きっと見た人も呪われてしまうんだと思う。そう納得がいったのは、父親の詳しい話を聞いてからだったけど、自分が普通の環境じゃないって、普通の存在じゃないっていうのは、何となく知ってたんだよね。こんな顔、どんなにネットを探したって出て来ないし、テレビ番組で「自分はブスでいじめられて、辛《つら》いことばかりだから整形したい」なんて言ってる人たちも、自分に比べたら普通の顔だったから。

母親は常々「葵のその顔は、本当の顔じゃないの。病気だから、もっと大きくなったら元通りの顔に戻そうね」って言われてた。子どもの頃は「そうなんだ」って納得してたけど、やっぱりおかしいなあとは思ってたんだよね。だって病気なのに何も薬を塗ったりしないし、飲んだりもしない。定期的に病院へ行ったりもしないし、本当に普通に暮らしていただけだったから。

でもね、この顔は病気じゃないんだ、呪いだって心底理解できたのは、整形手術が終わった後だった。

そのクリニックは国内じゃないんだけど、場所はさすがに控えさせてね。一般人も受け入れてるんだけど、うちは代々お世話になってるからお得意様中のお得意様。私達専門の場所があって、そこですべての治療を行うの。だから他の患者と顔を合わせることは一切ないし、何の看板も出してないから私達以外に誰かが訪れることはないわけ。

十五歳の私は初めての外科手術を体験した。やっぱり怖かったし、おぞましいけれど見慣れた自分の顔がどう変わるのか不安だった。

レントゲンを撮ってもらって改めて自分の骨格を見たんだけど、顔面の頭蓋骨《ずがいこつ》に何かアメーバみたいなものが張りついたような形だったの。元々ある骨に、変なものがまだらにくっついてる感じ。

だから、手術は基本的には、この余計な骨を取り除く作業だって説明された。付け足すんじゃなくて、ひたすら削るんだって。

これはうちの顔の特徴なんだけど、その余計な骨っていうのが、色が違うみたいなの。それが『呪い』でついたものらしいから、母親の言う「元通りの顔に戻す」っていうのは、もしかするとあながち間違いじゃないのかもね。

全身麻酔《ますい》で、目覚めたらもう終わってるんだから私は何も苦労はしてないんだけど、その後直した顔が安定するまでは、やっぱり地獄だったよね。まともにものは食べられないし、骨を切ってるから当然顔はパンパンに腫《は》れてるし、痛いし苦しいし。病気ひとつ、大きな怪我《けが》ひとつしたことのなかった私には、本当に辛い日々だった。

ようやく包帯が取れる日、母親と父親と、まだ怪物の顔のままの弟、三人が私を見守ってた。看護師さんが、ゆっくり丁寧《ていねい》に包帯を巻き取っていくの。

鏡の前で整形後の顔を見たとき、私がどんな風に思ったと思う？

変わらないの。

変わってないんだよ。

信じられる？　手術を受けてからあれだけ地獄みたいな日々を過ごしたっていうのに、全然変わってないんだよ。

悪意そのものの邪悪な表情に歪んだ皮膚《ひふ》。いびつな顔面。あらゆるおぞましいものをその顔に集約させたような、醜い醜い、怪物の顔。

「どうして!?」

私は思わず叫んだ。

「何で同じ顔なの!?　手術で全然違う顔にしたんじゃなかったの!?」

「葵、落ち着いて」

母親が火を噴いたように号泣する私を抱きしめた。

「大丈夫。あなた、とても綺麗になったわ。これが本来のあなたの顔なのよ」

そんなことを言われたって、意味がわからない。だって、鏡を見てもまったく同じ顔なのに、綺麗になったなんて言われても、理解できるはずがない。

「心配するな。皆そうなんだから」

父親が泣きじゃくる私の肩に優しく手を置く。

「手術を受けた皆がそうだったんだ。本人だけは、以前の顔にしか見えない。でも、他人から見たら、お前は別人になっているんだよ」

「嘘！　そんなの信じられない」

「お姉ちゃん。嘘じゃないよ」

弟が私の顔をじっと見上げている。

「お姉ちゃん、全然違う顔になってる。もう僕みたいな顔じゃないよ」

「……本当に？」

「うん。別の女の人みたい。僕には、ちゃんとそう見えてるよ」

弟は中学校に上がる年齢。嘘をつくのは上手じゃない性格だから、大人たちの慰めじゃなくて、本当に私の顔は変わったんだ、ってわかった。ただ、私本人だけが、その新しい顔が見えないの。どんなに大きく変わっていても、私の目に見えるのは、今まで通りの、醜い悪意の顔のまま。

そう。呪いの本当の恐ろしさは、このことだったのかもしれない。

理解できる？　形そのものを変えてるのに、鏡に映っているのは以前のままの顔なのよ。手で触ってみれば、明らかに違う感触だっていうことはわかるの。でも、目に見えるものは変わらない。鏡だけじゃない。水面に映る顔も、ショーウィンドウに映る顔も、写真に撮ってもらった顔も、全部昔のまま。

だからね、私、結衣にも言ったじゃない。そんなに綺麗に見えるなんて面白い、って。あれってとぼけてるわけでも、わざとらしく謙遜《けんそん》してるわけでも、何でもないのよ。私には皆が見えている自分の顔が見えないの。永遠に、生まれた頃から見ている、化物の顔のまま。だから、いくら美人だとか綺麗だとか色々言われても、こっちとしてはまったく実感できないわけ。

手術を受けた家族の顔はちゃんとそのまま整形後の顔に見える。自分だけが、手術をする以前の顔に見えるの。視神経に異常はなくて、脳も正常。じゃあどうしてこんなことが起きるのかっていうと、まだ現代の医学じゃ正確には解明できないみたい。

そんなものを遥《はる》か昔に一族にかけるのって、考えてみると何だかすごくない？　まあ、相手は神様だって言うし、そのくらいはできるのかもしれないけどね。

私も難儀《なんぎ》な家に生まれちゃったなあって何度も思ったよ。だけど、それ以上にやっぱり恵まれた環境だしね。その代償って考えたら、このくらいは仕方ないのかもしれない。

自分の家が日本でも有数の金持ちで、一般庶民《しょみん》よりずっとずっと恵まれていて、幸福な生活を送ってるだなんてこと、生まれたときからその環境にいる私には、正直実感できなかった。

ただ、高校から日本に戻ってきて、そのことは徐々に感じ始めたかな。皆が羨望《せんぼう》の眼差《まなざ》しで見るんだよね、私のこと。こっちが何も言わないのに、周りには自然に人が集まってきてさ。皆私の歓心を買おうとして、あれこれ尽くしてくれるわけ。私と友達になりたい、親しくなりたいって寄って来るの。

まるでたくさんの犬を飼っている気分だったな。別に見下してるわけじゃないけど、見えるんだもの、全力で振ってるしっぽがさ。

最初はそんなことにすらびっくりしちゃった。だって、それまでずっと家族と、後は家庭教師くらいとしか接してなかったから。

あ、ちなみにその家庭教師も一族の人ね。他人に秘密は漏《も》らせないから、うちの会社系列のニューヨーク支部で働いてる人を教師として雇ってたわけ。授業は全部英語。そうじゃないと、日本に戻ったときに、帰国子女のくせにまるでアメリカ英語が話せないのもおかしいじゃない。

私は学校に行って他の子どもたちと英語で会話して育ってきたわけじゃないから、普通に家の中だけで家族と日本語で喋《しゃべ》ってたら、英語なんてまるで覚えないもの。だから、大人の英語しか知らないの。子どもたちがどういう言葉を遣ってたのか、ちょっとわからない。スラングとか汚い言葉もあまり知らないかも。そういうのは、映画を見たりドラマを見たりして、意識して覚えなくちゃいけなかった。

それと、日本で他の同年代の子たちが身につけているものとか、その暮らしぶりとか、高校で初めて目《ま》の当たりにして、結構驚いた。私は「欲しい」って言えばどんなものでも翌日には必ず手に入るような生活をしてたから、高くて買えないだとか、親が許してくれないとか、欲しいものを買うためにお小遣いを貯めるとか、そういう世間では当たり前のことを全然知らなかったの。

もちろん、私が入った学校は中流家庭以上の子たちが入るようなところだったから、極端に貧しい子はいなかったんだけどね。それでも、「ああ、私って恵まれてたんだ」って自覚するには十分だった。

そして、皆が「葵は綺麗」って言うから、昔のままの顔に見えていても、やっぱり他人からするとちゃんと整形はできてるんだって確信もできた。家族に言われてても、身内だし、やっぱり少し不安があったんだよね。それはすぐに解消された。もしも私があの顔のままだったら、クラスメイトの半分以上は失神してるもの。

だけど、すごくふしぎな感覚だよ。自分の化物の顔しか見えてない私に、皆が「美人だ」「すごく綺麗」って言うの。何だかおかしくなってきちゃうよね。こんな顔が綺麗なのかあ、って思ったら笑えてくる。

でも、今の私を見て悲鳴を上げる人はいないし、熱を出して寝込んじゃうこともない。そのことはすごく安心してるんだ。やっぱり、あのことはショックだったから。

だけどね、気をつけないといけないことがあるって気づいた。

ある条件が重なると、自分だけじゃなくて、他人からも、この顔が昔のものに見えるみたいなの。それは日常生活でそうそうあることじゃないんだけど、一度ね、見られたのよ、そのとき付き合ってた彼氏に。

彼は、昔私の顔を見たあの女の子みたいに、顔面蒼白になって悲鳴を上げた。「どうしたの」って私が声をかけたときには、もう見えなくなってたみたいで、彼も自分が何を見たのかわからなくなって、混乱してた。

「一瞬だけ、葵の顔が、何か全然違う顔に見えた」

彼はそう言って怯《おび》えてた。確かめるみたいに私の顔をじっと見つめて、「何でだろう」って戸惑ってたけど、私には何となく、ああ、あれのせいかなっていう見当がついてた。

自分の顔が昔の顔に見えたりするように、私の目には普通の人には見えないものが見えるの。本来は見えないはずのもの。それでね、時々それがとんでもなく魅力的に映って、すごく興奮してしまうことがある。

そういうとき、私は他人からも昔の顔に見えてしまうみたいなんだ。実際元の形に戻ってるわけじゃないのに、そう映るみたい。

彼のこともそれが魅力的に見えて付き合ったから。他の人には見えないそれがね。だから、彼といるうちに気持ちが高まってしまって、昔の顔が出てしまったんだと思う。

え、何が魅力的に見えるのかって？　ああ……これも説明が難しいんだけど。心の色っていうか、外見だけじゃわからない、その人の魂っていうのかな。そういうものがね、特殊なものだけ見えたりする。よくオーラが見える霊能者みたいな人いるじゃない。あれに似てるのかもしれない。私が見てるのはオーラじゃなくて別のものなんだけど。

具体的に言ってしまうと、『悪意』が見えるのよ。

悪意の形はね、もやもやしてる生き物みたい。空気みたいに浮いてるのに、風が吹いてもその人間から離れない。いちばん近いのは……宇宙の写真でよくナントカ星雲ってあるじゃない？　あんな感じかなあ。粘度のある靄《もや》みたいに絶えず動いてる。青かったり紫だったり、暗黒の中で時々光が弾ける感じ。すごく綺麗なんだよ。皆にも見せたいくらい。宝石でいちばん近いのは、ブラックオパールかな。輝きはあの石そのもの。それがずっと形を変えてキラキラしてるの。一瞬の鮮やかな光を飲み込むみたいに蠢《うごめ》く暗闇がね、何とも言えない凶悪な生き物みたいで、不気味なんだけど、独特の美しさがあるの。時間を忘れて見入っちゃうくらい。

だからその人と実際話したり付き合ったりする前から、相手がどんな人間かがわかるんだ。あの黒いのを背負ってる人は心の闇が深い人。今までまったくない人は見たことないな。誰でも多かれ少なかれネガティブな感情は絶対にあるはずだから。その大きさはそれぞれ大きく違うんだけどね。

え、皆のはどうなのかって？

ふふ……皆すごく綺麗よ。本当に綺麗。極上品《ごくじょうひん》の三人だよ。

結衣はいつもオレンジや赤の光が闇に呑まれながら鮮やかに瞬いてる。莉子は静かな暗闇なんだけど、時々パッと大輪《たいりん》の花が咲くみたいに、紫や青の輝きが現れるの。ひまりは普段はほとんど見えないくらいの小さな闇なんだけど、それが別人みたいに巨大化してギラギラ光るときがある。三人とも、なかなか他では見ないくらいの美しさがあるよ。

全然褒《ほ》められてる気がしない？　あはは、まあそうだよねえ、あんたたちはすごい悪人だ、って言ってるようなものだし。でも、私は綺麗なものが好きだから、ここまで悪意を磨《みが》き上げてくれてありがとうっていう気持ちしかないの。褒め言葉だよ、マジで。

それにしても、悪意そのものみたいな顔にして、人の悪意まで見えるようにして……こんな呪いをかけた神様も意味不明だよねえ。一体何のためにこんな呪いにしたんだろう。まあ、何となく理由はわかるけど、これって山賊《さんぞく》だったご先祖様だけにかけられてたのかな？　ってちょっと疑問に思う。

元々宝物を持っていた村人たちに、この呪いはかかってなかったのかな。普通に考えれば、助けてくれたお礼に授けた宝なんだから呪いなんてかけるはずないんだけど、私的には少し疑問が残るんだよね。だって、その神様って……ああ、あんまり言わない方がいいかな、こういうの。呪いがひどくなっちゃうかもしれないしね。これ以上どうひどくなるのか知らないけど。

とにかく、私が見てるものは、普通とは少し違うんだって思ってもらえればいいかな。多分、浮世離れしてる、みたいに思われるのって、家がお金持ちってこともあるかもしれないけど、人と違うものが見えてるっていうのが大きいのかも。

私は綺麗なものが好きなんだけど、その『綺麗』が、ちょっと違うから。ただ、宝石とか、無機物はそのまま美しいと思えるんだよね。だからジュエリーが好きなのかな。誰から見ても美しいってすごいことだと思う。不変の美なんて、なかなかないもの。

人間は外見が綺麗でも、中身は化物かもしれない。私が実際そうだけど、そういう人間って結構世の中にいると思うんだよね。端整で綺麗な外側と、ドロドロに腐った内側を同時に持ってる人たち。私は本当に顔が化物だけど、だからなのかなあ、そういう人たちが大好きなの。さっき言ったみたいに、その悪意が美しい姿をしているから。宝石を美しいと感じるのとは、また別の気持ちでね。人間独自の美しさっていうのかな。

それにしても、セレブの家にあるものが神様からの宝物と呪いだなんて、馬鹿馬鹿しすぎて誰も信じないよね。私だって話してて頭おかしいなあって思うもん。

でも、一度週刊誌にすっぱ抜かれそうになったらしい。あ、もちろん呪い云々《うんぬん》とかじゃないよ。全員整形だってこと。わざわざずっと執念深く見張ってた記者がいたらしいのね。まあ、普通に揉《も》み消してその記事は世に出てないんだけど。

嗅《か》ぎ回ってた記者は行方《ゆくえ》不明なんだって。関わらない方がいいことってあるのにね。だって、呪いだよ？　そんなの近寄らない方がいいに決まってるじゃない。下手《へた》したら、自分まで呪われるし。少なくとも、私の整形前の顔を見た女の子はおかしくなっちゃったし。私の本当の顔が一瞬見えた彼氏だって……まあ、仕方ないよね。見えちゃったんだから。

この世の中説明のつかないことなんてたくさんあるけど、呪いだけは早いところどうにかして欲しいよ。まだ科学的に解明できないのかな？　これだけ長い歴史があるのに、どうして誰もわからないんだろう。

私だって、自分の綺麗になった顔見たいのよ。いくら美人だ何だって言われても、鏡に映るのは化物の顔なんだもん。いつになったら治るのかなって考えてるけど、十中八九一生ものなんだよね。

でも、案外実際に見てみたら「大したことない」って思うのかもしれない。だってどう考えたって、化物顔の方がインパクトあるでしょう？　何だ、こんなものか、って思っちゃいそうで、それはそれで嫌だな。だってずっと楽しみにしてるんだもの。今の自分の顔見られるの。これって永遠に叶わない希望なんだろうけどね。その分、いつまでも夢が見られてていいかも、とも思ってるの。

どう、前向きで健気《けなげ》じゃない？　自分で言っちゃうけど。呪いのお陰かわからないけど、私いつも深く悩まないんだよね。考えたって仕方ないことっていっぱいあるじゃない。私の状況なんて自分の力じゃどうにもできないし。全部受け入れるしかないんだよね。整形はできても、自分にとっては意味ないから。この家に生まれた運命だから諦めるしかない。そう考えるのがいちばん楽。普通じゃ考えられないことなんてたくさんあるし。

最近なんて、何か別のものになりかけてる気がするの。何って、私がよ。私が私じゃなくなるような気持ちになる。っていうか、時々乗っ取られてるのかな？　みたいな。

鏡を見るといつもの化物が映ってるでしょう？　それがね、勝手に動くんだよね、表情が。笑ってないのに笑ったり、怒ってないのに睨《にら》みつけてたり。

　実際のものと違うものが映ってるのはわかってるんだけど、昔は勝手に動いたりなんかしなかった。そういうのが見えるようになったのは、やっぱり整形手術後かな。

「あ、こいつが呪いか。神様か」って思った。とうとう私の中で、呪いが形になり始めたのかもしれない。顔を変えちゃったから、分離したのかもしれないけど。

　そのときの友達でかなりたくさん整形したっていう子がいたから、思わず聞いちゃった。「整形前の顔が見えたり、その顔が勝手に動いたりする?」って。まあ、当然めちゃくちゃ笑われたよね。

「動くわけないじゃない。そもそも、前の顔が見えたりしないし。ああ、でも、夢で元の顔に戻るっていう悪夢は見たりする」

「じゃあ、前の顔もちゃんと覚えてるんだ」

「そりゃ覚えてるよ。中学校まで付き合ってきた顔だもん。写真とか全部捨てたはずだけど、記憶ってどうやって捨てられるんだろうね。いくら忘れたくても、覚えてる」

　大嫌いだった、って彼女は吐き捨てた。高三のときのクラスメイトだったんだけど、高校入ってから少しずつ整形し始めて、もう十回以上はいじってるんだって。そこまでしたら、私なら以前の顔なんて忘れちゃう。でも、彼女は覚えてるらしいの。

「ひどい顔だったもん。そのせいで悲惨《ひさん》なあだ名つけられたり、いじめられたり。特に男って本当最悪だよね。整形し始めたら全然態度変わっていってさ。女は顔だよ、間違いない。見る目がまったく違うもん」

「じゃあ、男のために整形し続けてる、ってこと?」

「そう言われちゃうと何か嫌だけど、それも理由のひとつかな。正確には、あたしをブスだ妖怪だって言ってた連中を見返してやりたいっていう気持ちだった。綺麗になって、そいつらを『ブサイク』って言ってやるんだ、って」

「でも、あんたもう十分綺麗じゃない。どうしてまだ整形してるの」

「まだ全然綺麗なんかじゃないよ。葵は生まれつきそんなすごい美人だからわかんないんだろうけど、一箇所《いっかしょ》直すと別のところが目立ってくるの。そこを直すと、今度は他の場所。どんどん気になる箇所が増えて、終わりが見えないんだよ。いっそのこと葵と首ごとすげ替えたいくらい」

もう少しで、「どうぞどうぞ」って言っちゃいそうだった。この顔がお気に入りならどうぞ。ただし鏡に映るのは化物ですが、って。

でも悪夢に見るくらい元の顔が嫌いで直してるのに、整形しても整形しても、気に入らない箇所が増えていくのも怖いよね。大学に入って少しして偶然会ったとき、彼女のこと気づかなかった。まったく別人みたいになってたからさ。明らかに色々いじってるってわかっちゃう顔になってた。ところどころ崩れてたし。目は切開し過ぎて眼球がこぼれ落ちてきそうで、鼻は中に入ってるものの形がわかっちゃうの。唇は、口紅の減りが早そうって思うくらい分厚くなってて、顎《あご》は触ったら刺さりそうなくらい尖《とが》ってた。

　それを見て思ったんだよね。彼女は彼女で、鏡に別の化物が見えてるんだろうな、って。それはそれで呪いなんだ、って。

　その証拠に、その子この前自殺しちゃった。特急列車に飛び込んで、顔はグチャグチャ。SNSには、ずっと「自分はブスだ」って書かれてた。ちっとも綺麗にならない、って。だから、自分の顔が化物に見える呪いって、私だけじゃないんだなあって思ったよ。一族まるごとだから、さすがに平安生まれのはレベルが違うけど、現代でも呪いは存在する。多分、自分で自分にかけてる呪いなんだけどね。

　そういう気持ち、皆はわかる？　周りから見ればそうでもないのに、自分だけは気になって仕方がない、っていう心理。「大したことないよ」「大丈夫だよ」「十分だって」って言われても、自分では嫌で嫌で仕方がないの。

　ああ、結衣《ゆい》は確かになさそう。自分のこと全肯定っぽいもんね。いや、褒めてる褒めてる。あんたはそういうとこがいいのよ。

莉子《りこ》はある？　ああそう、内緒なんだ。でも、きっと全部作品に書いてるよね。作家って人に話すより書く方が昇華できそう。

ひまりは、たくさんあるんだあ。ちょっと意外。でも、あんまり自分を低く見過ぎない方がいいよ。それこそ、呪いにかかっちゃう。

コンプレックスが行き過ぎるのも、ある意味、心の病なんだろうね。だけど、どうしておかしくなっちゃうのか、はっきりわかるのかな。その原因って大体形のないものでしょう。だから、私は呪いと変わらないと思う。

皆自分で自分に呪いをかけるの。だから、解くのも自分なんじゃないかと思うんだよね。うちの一族みたいに筋金《すじがね》入りの呪いじゃないんだから、どうにかなるよ、きっと。

……それで結局、ご先祖様がその村から盗んだ宝物は何だったのか、って？

やっぱりそれ気になるか。まあ、確かに帰国してから実際に見たんだけど。うーん。さすがにそれだけは内緒。だって、それがなくなっちゃったら、うちが貧乏になっちゃうもん。それに、その上でこの化物の顔の呪いが一緒に消えるかどうかもわからないし。あと、綺麗な悪意が見えなくなっちゃうのも嫌だし。

化物が続いた上に貧乏だったら、もう最悪じゃゃん。地獄過ぎるでしょ。だから教えられないんだ。ごめんね。

でも今話した内容だけでも、十分な秘密だと思わない？

ひとつ言えるのは、やっぱり綺麗な宝物なんかじゃなかったってこと。

それとも、もしかして昔は綺麗だったのに、だんだん醜《みにく》くなっちゃったのかな。

だってこんなに長い間たくさんの人間に呪いをかけ続けてきたんだもん。化物の顔にしてきたんだもん。

そりゃあ、自分だって化物になるよね。呪いってそういうことだと思うよ。

はあ、それにしてもお腹空いた。そうそう、今日は全然食べてないんだよね。

これから好物に味付けして後で食べるから大丈夫。え、夜中に食べると太っちゃう？

平気平気。やっぱり食欲って止められないから食べたいときに食べるべきなの。

そういうわけで、ハイ、次！　誰が秘密を話す番？

結衣

嘘、葵《あおい》、それ本当に全部整形なの？　気づかなかった、全然。結衣《ゆい》、自信あったのになあ。ほら、業界柄《がら》やってる子多いから、すぐわかるんだよね。大体、「ああ、この子目と鼻やってるな」とかって。でも、葵は全然わからなかったよ。すごいね、やっぱり金持ちが頼むお医者さんってめちゃくちゃ腕もいいんだね。しかも、一族全員やってるだなんてさ……わかるわけないよ。

っていうか、その、呪い？　怖すぎない？　悪意が見えるとか、結衣ドキッとしたよ。でも葵が綺麗《きれい》って言うから、綺麗なもの背負ってるなら別にいいのかなあ。ブスな背後霊が見えるとか言われるよりずっとマシかな。

しかも、その宝物ってさ……ああ、もう話さない方がいいのかな。なんかこっちまで呪いかかりそうだし。超怖い。財閥《ざいばつ》の秘密、闇深過ぎ。本当に本人から聞いたって信じられないくらいだもん。これはさすがに週刊誌には載せられないわ。ファンタジー過ぎて誰も信じないし。

すごい話聞いちゃったから、結衣も本当に秘密の話するしかないなあ。

秘密っていうか、滅多《めった》にないくらいすごい話っていうか。別に誰も知らない何かってわけじゃないいんだけどね。当時の学校で一緒だった子たちは皆知ってるし。でも、きっともう誰も覚えてないいんだろうな。

ねえ、ところで皆は死にたいって思ったことある？　自殺したくなったことある？

あ、皆ないよね。うん、それは正直わかってた。死ぬより殺すタイプだもんね、あはは。

結衣もね、わかんないの。死にたいって思ったことないもん。それってどういう気持ちなんだろう。

死んじゃったら全部おしまいじゃん。死んで何かを伝えたいとか、何かを変えたいとか、自分がいなくなったらそんなこと絶対不可能だっていうのに、どうしてそんなこと考えるんだろうね。

例えば、自分が苦しかったことや辛《つら》かったことを伝えたくて、あるいは誰かに憎しみを伝えたくて自殺したって、最初は皆に騒がれても、どんどん忘れられてくんだよ。

最終的には、誰も思い出したりしない。だって、皆生きるのに忙しいから。死んだ人は死んだ日に消えたまんま。どう考えたって無駄だよね。自分を消せるくらいのエネルギーがあるなら、そのくらい全力で相手を殺すか、逃げるかすればいいのに。

結衣だったら、自分を消すなんて絶対に嫌。知ってるから。どんなに衝撃的なやり方で死んだって、すぐに忘れられちゃうってこと。

皆知ってると思うけど、結衣はさ、子どもの頃からずっとモデルしてたじゃない。だから、同じ年頃の子たちよりもずっとませてて、大人だった。そういうこともあって、いわゆるスクールカーストではずっと最上位だったんだよね。女王様みたいな感じ。

注目されるのは大好きだったし、いつでも誰よりもキラキラしてたかったから、いちばん上にいるのはすごく気持ちがよかった。葵が帰国してから皆がしっぽ振ってきてびっくりしたって言ってたけど、結衣はずっとその状態だったの。皆が結衣の言いなり。たまに対抗しようとしてくる奴がいたけど、そんなの一発でねじ伏せてやった。ああ、暴力とかじゃなくてね。格の違いみたいなのを見せつけてやったの。

たとえば、結衣に張り合ってる女が「来週は私のバースデーだから皆で騒ごう」って言ってる同じ日に、皆が好きな芸能人連れてきてあげるって言って全員キャンセルさせちゃったり、流行《はや》りの服でファッションリーダー気取ってるヤツには、まだファッション誌でも紹介されてないような服とかアクセサリーとか身につけて見せびらかしたり、これみよがしにプレゼントしてやったり。

あ、今、皆結衣のこと性格悪いって思ってるでしょ。だってしょうがないじゃん、負けるの嫌いだったんだもん。

勉強は嫌いだしスポーツも得意じゃないから、そういうのはどうでもよかったけど、クラスの中での人気とか、可愛《かわい》さとか、流行に関することだったら、絶対に誰よりも上だって自信があったの。

誰よりもキラキラ輝いてて可愛くて、いちばんに注目されてて。そういう女の子じゃないと、結衣じゃない。『結衣』っていうブランドは、いつだって皆に憧れられてる存在じゃなくちゃいけないの。皆がいつも結衣のこと考えて、結衣に恋してなくちゃいけないの。

それに、自分が上位だってことわからせてやらなくちゃ、ずっと格下のヤツに大きい顔させることになるでしょ。そういうのは早めに潰していくんだよ。それで、自分の立場をわからせてやるの。恥《はじ》かく前に結衣が教えてあげるんだから、親切だよ。

集団の中での上下関係って大事でしょ？　皆同じくらいの立場だったら、何かあったとき揉《も》めてばっかりで前に進まないじゃない。そういうときは強いリーダーがいなくちゃ駄目なんだよ。そう、結衣はそういうのが好きだったの。

皆自分の心地いい場所ってあるじゃない。葵はきっと何もしなくても上に行っちゃうだろうし、莉子《りこ》は傍観者《ぼうかんしゃ》キメてたいでしょ。ひまりはアレだよね、三番目くらいかそれ以下でいたいタイプじゃない。

だってトップって責任持たなきゃいけないもの。正直、面倒くさいこととかたくさんあるんだよ。でもそれ以上に、自分がいちばん上にいるってことが気持ちイイの。だから結衣は、いつでもカーストの天辺《てっぺん》にいたかった。

そんなときに転校生が来たの。高二のとき。

名前は沙羅《さら》。信じられないくらい綺麗な子だった。

どこかで見たことあるかも、って沙羅が教室入ってきた瞬間に思ったのは、多分モデルか女優か、とにかく芸能界にも多い黄金比の顔だったからなのかな。

葵もすごく綺麗だけど、それとはちょっと種類が違う感じの綺麗さっていうのかな。葵が華やかで、ザ・美女っていう女王様みたいな風格と気品があって、自然と皆が平伏しちゃうようなオーラがあるっていうのとは真逆で、沙羅は守ってあげたくなるような、儚《はかな》くて、繊細《せんさい》で、妖精みたいな雰囲気《ふんいき》があった。

しかも、沙羅は何でもできる子だったの。顔も綺麗なのに、勉強もできて、スポーツだってできちゃって。私服のセンスもよくてね、嫌味なくさらっと流行を取り入れていく感じで上品なの。言動も品行方正《ひんこうほうせい》で、だけど冗談もちゃんとわかるし空気読めるし。もう本当に完璧《かんぺき》過ぎて、漫画みたいな子だった。

結衣はヤバイって思ったよね。だって正直、沙羅に勝てるかどうかわかんなかったし。今までは力ずくでマウント取ってたけど、沙羅には結衣が勝てそうなところなんてほとんどなかった。曲がりなりにもモデル歴長いし、磨《みが》き上げたスタイルだけは勝ててたかもしれないけど、結衣はモデルなんだからそんなの当たり前でしょ。そこに迫ってくる沙羅がヤバイんだよ。

クラスの皆も、学年中からも、沙羅は注目されるようになっていった。当然だよね、だって本当に綺麗だし、誰からも嫌われないような賢い子でもあったから。

それで春は早々に学級委員とか決めるでしょ。結衣は当然自分がなるもんだと思ってたの。だから立候補した。

そしたら、沙羅のヤツも「やってみたいな」とか言って挙手したんだよ。それで、皆は拍手してるの。主に男子が支持してた。

投票してギリギリで結衣が勝ったけど、ついこの間東京に来たばっかりの田舎女《いなかおんな》にここまで迫られるなんて本当にびっくりしたし、沙羅の人気が数字で示されちゃって、普段結衣のことあんまりよく思ってない連中なんかは痛快だったらしくて、露骨に沙羅を持ち上げるようになってさ。休み時間になればあいつら皆沙羅の周りに集まるの。誘蛾灯《ゆうがとう》に群がる羽虫みたい。

「沙羅って本当に美人だよね。スタイルもめちゃくちゃいいし。モデルとかしてるの？」

「ううん、してないよ。私なんかじゃモデルは無理だもん」

「えー、そんなことないよお。だって、結衣もやってるよ」

沙羅は驚いた顔で結衣を振り向いて、「あ、そうだったの？　知らなかった。すごいね」とか言いやがった。

すごいね、じゃねえよ。雑誌も読まないのかよ、バカ、田舎者、って思ったけどもちろん声には出さない。でも、顔には出ちゃってた気がする。結衣、モデル歴長いから、それを軽んじられるようなことだけは本当プライドが許さないんだよね。

「何かに応募してみなよ。絶対いけるって」

「でも、私そういうの得意じゃないんだ。目立つの、あんまり好きじゃないし」

「沙羅みたいに綺麗な子は、皆に見られなくっちゃもったいないよ！　それに原宿《はらじゅく》辺り歩いてたら絶対スカウトされるから」

「あ……、スカウトみたいなのはされたかも。名刺渡されて」

「ええ、やっぱり？　そうだよねー！」

もう周りの連中は大盛り上がり。これみよがしに結衣の方見て、沙羅と見比べて、絶対いけるよお、なんてはしゃいでんの。

ふざけんなって思った。マジでブチ切れそうになったよ。

顔が綺麗なだけの子なら、スタイルいいだけの子ならたくさんいる。今じゃ読者モデルとかやらなくたってSNSで皆自分で自分をアピールできるし、そういうところから実際プロになる場合だってあるでしょ。こっちの業界に入る機会なら、そこら中にたくさんあるんだよ。今は地下アイドルとかも腐るほどいるし、レベルを問わなきゃ誰だって何にだってなれる。

でも何でもそうかもしれないけど、いちばん難しいのは継続させることでしょ。それも知らないで、ただ外見だけ見てイケルイケル、なんてほんと素人《しろうと》の浅知恵丸出しでぶっ殺そうかと思った。そんな簡単な世界じゃねえんだよって。

結衣がこの業界でトップクラスにい続けるのだって、どのくらいすごい努力してるのか知らないくせに。食べたいものも食べられなくて、食べても吐いて、ジム通って、必死で体重キープして、ほんのちょっと増えたくらいで、「太ったね」ってカメラマンに言われる世界だよ。そりゃ何食べても太らないっていう体質の子はいるけど、結衣は違うの。この体型は努力の賜物《たまもの》なんだよ。

いつでも見られてるっていう自覚持って、その辺のコンビニ行くのだってきちんと化粧《けしょう》して、ラフに見えても金のかかってる服着て、肌荒れだってメイクで必死で隠して。

辛《つら》いときだってしんどいときだって、カメラ向けられれば綺麗で可愛くてカッコイイ顔しなきゃいけないんだよ。生理中でもメンタルどん底でも、肌はツルツルで体は折れそうに細くって、いつでもキラキラな笑顔で可愛くして。そういうの知らないでバカ言ってんなよって思った。

「その名刺って芸能事務所とかでしょ。入っちゃえば？　すぐに人気者になっちゃいそう」

「でも、芸能界って怖そうだし。それにモデルとか女優になりたいって思ったこと今まで一度もないの」

「本当？　あたしが沙羅みたいな容姿だったら、間違いなくオーディションとか出ちゃうのに！」

「全然知らない世界だからかな……上手《うま》くやっていける気がしないよ。特殊な業界でしょう。人間関係とか……コネもないとキツそうだし」

「あ〜、確かに、そういう方面はずる賢くやれるタイプじゃないとしんどいかもね。面《つら》の皮の厚さとか、やっぱり一般人とは違うと思うなあ。社長とか大物プロデューサーと枕したりさあ」

明らかな結衣への当てこすりなのに、沙羅のヤツ、それで笑いやがったんだよ。「それって本当にするの？　漫画みたい」とか言っちゃって。

もう結衣これでブチ切れちゃったんだよね。あいつ、絶対に潰してやるって決めた。

何が面の皮だよ。何が枕だよ。こっちの大変さも知らないでさ。適当なこと言って人を見下しやがって。

正直、どう思う？　モデルとか女優ってやっぱりそういうイメージだったりするの。そりゃ、今まで売春だのクスリだの問題になったこと色々あったけど、結衣は子どもの頃から仕事してるからしっかり人脈はできてるし、そんなことしなくたって仕事あるし、周りでも聞いたことないよ。いるかもしれないけど、結衣は知らないし、そういうヤツはすぐそっちが本業になっちゃうと思う。だってそれしか能がないわけでしょ。

でも、一般からすると違うんだろうね。汚い業界ってイメージなんだろうな。悔《くや》しいけどそれはわかる。今までも結構聞いてるし。

結衣は遊んでるかもしれないけど、それって単純に性格だから。モデルやってるからってわけじゃない。確かに、イケメン多いし出会いの機会はたくさんあるけど、仕事だからね。仕事とプライベートは別なわけ。のうのうと学生だけやってるヤツらにはそういうことわかんないんだろうなあ。

ただ、結衣が許せなかったのは、自分はモデルだって何だってできるかもしれないけど、あえてしないの、っていう沙羅のマウント根性が透けて見えたからなんだよね。何も知らないくせに、何でそんな偉そうなこと言って結衣の上になった気でいるんだろう、って。

沙羅が完璧女なのはわかってるよ。何だってそつなくこなして、芸能界入ったら入ったでそこそこ行くんじゃない？　って思う。でもさ、やってもない内から何全能感丸出しにしてんだって思った。

沙羅は挫折《ざせつ》を知らないんだよね。直感したもん。何やっても簡単にできちゃうから、世の中ナメてんの。全部簡単だと思ってる。こういうヤツには、結衣先生が社会の厳しさを教えてあげないといけないって教育魂に燃えちゃったわけ。

結衣はね、こういうときの行動は早いんだ。実際、ああいう完璧女の評判落とすのって案外簡単なんだよ。皆がイメージしてることの真逆の話でっち上げちゃえばいいの。

本当はそういう事実があるのがいちばんなんだけど、そんな回りくどいことしてる暇もないくらいキレてたから。前は探偵雇って調べ上げて、父親が不倫《ふりん》してるだとか母親がお水やってるだとか、弟が彼女に堕《お》ろさせたとか家に借金あるとか、そういうこと晒《さら》したりもしてたんだけどね。

あ、今皆結衣のことめちゃくちゃ性格悪いと思ったでしょ。

いや、認めるね。正直性格悪いです。真っ黒。ごめん。

自分じゃそんな風に思わないけど、振り返ってみると、随分《ずいぶん》ひどいことしちゃったなあってよく思うんだよね。一回キレちゃうと歯止め利《き》かないからさ。徹底的にやるまで怒りが収まんないの。ずっとお腹の中でグツグツ煮えてる感じ。

こういうのって、怒りの持続の問題じゃない？　一晩寝ればすぐに忘れちゃうような人には、結衣の気持ちわかんないと思うな。何でそんなずっとキレてんのって思うでしょ。

葵とかひまりは忘れる系だよね。でも莉子、あんたって結衣より執念深く覚えてそう。違う？　まあ、怒らせちゃうと怖いからこの辺にしとくけど。

沙羅は何でもできる完璧女で、皆に平等に優しくて、品行方正、しかも美人。そんな子に対して、もしバレちゃったら幻滅しちゃうような噂《うわさ》って何だろうね。

結衣、こういうのわかっちゃうの。特技って言ってもいいかも。相手がいちばん嫌がることとかも何となく理解できる。だから口喧嘩《くちげんか》で負けたことないよ。一発で凹《へこ》む言葉知ってるんだもん。

イメージ大事な芸能の世界にいるからなのかなあ。こういうキャラならこれは絶対やっちゃだめ、これは大丈夫、みたいなのあるでしょ。キャラによって許される範囲が違うっていうか。

沙羅はそういう世界でいえば、優等生の清純派アイドル。ファンもつきやすいけど、スキャンダルでも最も深い傷がつきやすいタイプ。いちばんダメージでかいのは男の問題だよ。しかも汚いヤツ。偉い人に枕したとかね。妻子持ちの男の子ども妊娠して堕ろしたとか、そういうエグいやつ。

たとえば結衣が男のスキャンダルあったって、正直イメージ通りでしょ？　バカで遊んでて男にだらしないって元々思われてる。まあ、実際そうかもしれないけどさ。だからあんまり落差ないわけ。そりゃいいわけないけど、清純派アイドルよりはずっとマシなの。皆すぐ忘れてくれる。ああまたか、って思う程度。

だけど、清純派はそうはいかないんだよね。だってもうそのイメージで売れないんだもん。なんとか路線変更しなくちゃ生き残れない。シビアだよね。

さて、楽しい工作の始まり始まり。沙羅の放課後のスケジュールはある程度把握《はあく》してるから、どうハメてやろうかって仲間内で色々計画立ててた。

教師の中で生徒にめちゃくちゃ嫌われてる学年主任で現国の川畑《かわばた》ってハゲオヤジがいるんだけど、そいつが出会い系アプリでＪＫ漁《あさ》ってるってことは前に摑《つか》んでたのね。裏サイトでもちらほら話題になってたし。川畑ってうちらと同い年くらいの子ども二人もいるくせに、本当最悪だよ。しかも自分が教師で高校生に勉強教えてるくせにね。バレたら犯罪なのに、度胸あるのか単なるバカなのかわかんない。まあ普通に後者かな。

で、そのネタを何かに使ってやろうと思ってたんだけど、それを沙羅にぶつけることにしたの。妻子持ちで皆から嫌われてる教師とデート。こんなの広まっちゃったら最高じゃない？　もう想像するだけで笑いが止まんなくなった。沙羅を崇拝《すうはい》してる連中の顔が今から楽しみになっちゃって、実行するのが待ちきれないほどワクワクしてた。

沙羅は週に二日渋谷《しぶや》のファーストフード店のアルバイト入れてて、帰りが十時過ぎになる。うちらはアプリで釣るためのアカウント作ってわかりやすく川畑にアピールして、丁度《ちょうど》沙羅がバイト終わって通るタイミングで待ち合わせの指定をしてやった。

プロフも絶妙に沙羅っぽい写真使ってたし、名前もサラにしてやったからね。もう一発で川畑は引っかかった。

スクランブル交差点渡ったところの、カフェの前。わりと待ち合わせ場所にも使われてるから混んでるけど、ハチ公前ほどじゃない。沙羅がいつもそこの地下鉄入り口から階段降りるのはチェック済みだった。そこで川畑を待たせて、沙羅を見つけさせたの。

結衣たちはカフェの中で待機して観察する役と、違う学校で面割れしてない子に頼んで川畑の近くで録音とかするために待機してもらってた。

川畑とかち合う瞬間に、沙羅と繋《つな》がってる子がメッセージ送って、沙羅はスマホ見てちょっと立ち止まって。川畑はそれで沙羅が待ち合わせ相手だって確信して、興奮して声かけたんだよね。

「ねえ、君」

「はい？」

「あの、あれだよね。アプリの、サラちゃん」

沙羅は自分の名前を言われたから、怪訝《けげん》な顔しつつ咄嗟《とっさ》に「はい、私、そうですけど」って答えちゃったの。

川畑は制服で自分のところの生徒だってわかるはずなのに、あいつはクズだから、沙羅の美貌《びぼう》に夢中になっちゃってそんなの気にしてない。男ってマジでバカだよね。目先のヤレるって欲望には絶対勝てないんだもん。下半身に集中しちゃって頭回らなくなるのかな。本当サル過ぎ。

一方沙羅は、転校してきたばっかりで川畑のことまだあんまり覚えてなかったっぽいんだよね。あいつ、メガネ外してコンタクトにしてるし、服装も若作りしてたし、キャップかぶってハゲ隠してたから。

それに、沙羅はこいつが皆から嫌われてるセクハラオヤジだってこともまだ知らなかった。だから警戒もそんなにしてなくて、会話も続けちゃったわけ。

「僕、コウスケです。会えてよかった。君みたいに可愛《かわい》い子だったなんて、本当にすごく嬉しいよ」

「あの、すみません、何の話ですか？」

「だから、アプリ。今日ここで会うって約束してたじゃない」

「え……？　ごめんなさい、人違いだと思うんですけど」

田舎女《いなかおんな》って可哀想《かわいそう》になるくらいお人好しだよね。その辺で意味不明な声かけてくるような頭おかしいオヤジ、さっさと無視して行っちゃえばいいのにさ。長々と喋《しゃべ》ってやってんの。お陰で、結衣たちは写真撮り放題だし、川畑に声かけられて、はい、って答えちゃってる音声だって録れちゃった。無駄に愛想笑い浮かべてるから本当に待ち合わせしてたみたいに見えて、後で画像見て大ウケしたわ。

沙羅はさ、都会の厳しさを知るの遅過ぎたんだよ。完璧女《かんぺきおんな》のクセに、こういう鈍臭《どんくさ》さはちょっと可愛い。隙《すき》があるのがいいっていうか、そのくらいの小さい欠点あった方が好感度上がるじゃん。まあでも、結衣を怒らせたのが不幸過ぎたよね。だってそのちょっとの隙を利用されて、その先地獄に叩き落とされたんだからさ。

結衣たちは早速それを学校の裏サイトにアップしてやったの。『おじさん大好きサラ、早速主任のKとデート』って文字とスタンプで盛ってやってさ。

いやもう効果は覿面《てきめん》。翌日から沙羅は総スカンだよ。『引き潮』って名前つけたいくらい、サーッと沙羅の周りが空白になってマジ笑った。確かにこういうのって素早さが大事だからね。危機管理っていうの？　撤退《てったい》は早いに越したことないんだよ。だって厄介事《やっかいごと》に巻き込まれちゃうもん。

やっぱりイメージのギャップって大分威力あるよね。あれだけ人気あったから、随分《ずいぶん》高いところから落ちちゃって、真っ逆さま。アイドルだったらこんな写真出回ったら謹慎《きんしん》処分かな。下手《へた》すりゃ解雇かも。だって皆完璧な転校生に夢抱いてたわけじゃない？　それが打ち砕《くだ》かれちゃったんだから、その反動もすごいんだよね。

あんまりよく効いたもんだから、本当楽しくてめちゃくちゃ笑った。カラオケで皆と祝勝会までしちゃってさ、「うちら隠し撮りとか待ち伏せとか色々上手過ぎじゃない？　皆で週刊誌にでも就職しよっか」なんて盛り上がってた。

もう沙羅からしたら意味不明だよね。いきなり皆の態度が変わってさあ。あれだけ沙羅の金魚のフンみたいになってた連中も、あっさり無視キメちゃって、それで沙羅が驚いてるのがもうおかしいのなんの。

ふしぎなんだけど、こういうのって伝染するんだよね。ＳＮＳとかでもそうでしょ。「こいつは叩いていいヤツ」って認識されちゃうと、皆問答無用で叩き始める。そいつが本当にいいヤツか悪いヤツかなんて関係ないの。そういう流れっていうの？　もうできちゃうとおしまいなんだよね。

そこで沙羅が「ふざけんなよ」って抵抗できるような性格か、ションボリしていじめれっ子に甘んじるようなタイプだったらまだよかったんだけど、あいつ、何もしないの。いつも通り。

まるで皆に無視されてるなんて知りません、って顔。最初はさすがに困惑してたっぽいけど、それ以降は何が起きてるのか何となく察したらしくて、それでいつも通りに振る舞うって決めたらしいんだよね。

沙羅は転校生だから学校の裏サイトなんか知らないだろうし、新しい学校でのルールみたいなのにもまだ染まってない。その上友達もいなくなっちゃって、情報遮断《しゃだん》されちゃったもんだから全然順応できなくて。普通パニックになるくらい不安なはずなのに、あいつ、涼しい顔して学校来てるわけ。

「ねえ、何で沙羅のヤツ、あんな平気なんだろ」

結衣もだんだん苛立《いらだ》ってきて、毎日不機嫌になってた。だって沙羅の泣いたり悔《くや》しがってる顔が見たかったのに、あいつ全然そんな素振《そぶ》りも見せないし、クラスの状況が結衣たちの思い通りになってても、あいつ本人がダメージ受けてなきゃ意味ないんだもん。

昼休みにいつものメンツでご飯食べながら、自然と話題はムカつく沙羅のことになる。

「嫌われてることに気づいてないとか?」

「それはないでしょ。こんだけ無視されてんのに、それでも気づかなかったらよっぽどバカだよ。沙羅、頭いいじゃん」

「絶対あれ平気なフリしてるだけだよ」

結衣は言い切った。そう言葉にしないと、こっちだけが必死になって色々工作してんのに、何も感じられてないなんて間抜け過ぎる。

「どこまで涼しい顔してられるか、試してやろうよ。ポーカーフェイスも今のうちでしょ」

「でも、これ以上何すればいいわけ? 結構色々やってるはずなのにさ」

「暴力とか、証拠に残るようなことしなきゃ何でもいいよ。先生とかに聞かれても『ふざけてただけです』で済む程度の、でもすっごい意地悪なヤツ」

沙羅はきっと無視し続けてれば、結衣たちが飽《あ》きると思ってる。何の反応もないんじゃつまらないって、やめると思ってずっと何事もなかったような顔してるんだよ。

絶対アイツの思い通りになんかしてやらない、って結衣はますます燃え上がった。泣いてごめんなさい、もうやめて、って言うまでやめてやらないって決めたの。

何に謝るのかって? もちろん結衣をバカにし続けてきたことに対してに決まってるじ

ゃん。え、全部結衣の思い込み？　違うよお。結衣がそう思ったらそれが事実なの。結衣がムカついた時点でそいつは謝らなきゃいけないわけ。

自分でも無茶苦茶《むちゃくちゃ》なこと言ってるってわかってるけど、今までずっとこういうキャラで来てるから変えられないよ。でも謝りさえすればいいいんだよ？　簡単でしょ？　それくらいで許してあげるんだから、かなり優しいと思うんだけど。

それで結衣含め、皆歯止めかかんなくなっちゃったの。何とかしてあいつ凹《へこ》ませてやろうって躍起《やっき》になり始めた。

まだ沙羅に同情的だった子の彼氏に色目使ったって噂《うわさ》流して包囲網《ほういもう》広げたり、バイト先の店長と付き合ってるらしいよとか書き込んだりしてさ。最初の川畑みたいな工作はそんなにしなかったけど、ちょっとガセネタ流すだけで皆信じるような空気になってたから、後はもう楽なもんだよね。

それに加えて古典的ないじめもやったな。トイレ入ってるとき上から水かけたり、教科書破いてやったり、ジャージ燃やしちゃったり。

「これドラマで見た！」「うちら超いじめっ子じゃない？」とかはしゃぎながらさ、色んないたずらしたんだよね。今度こそ沙羅のヤツ顔色変えるだろうなって見守ってるわけ。もう他のクラスメイトも競って沙羅に嫌がらせするようになってたから、誰がいちばんでかいダメージ食らわせられるか、みたいな感じになってたの。

誰かが例えば沙羅の机の中に濡れた雑巾突っ込むじゃん。そうすると皆「うわあ、最低」って笑いながら見てる。それで沙羅が来ると、どんな反応するかなってワクワクしながら観察してるの。沙羅が悲鳴上げるの待ってる。

それでも、沙羅は驚きもしない。澄ました顔して雑巾つまみ出して、綺麗《きれい》に掃除《そうじ》してしまい。イヤホン耳に突っ込んで本とか読み始めてさ。そうすると周りで舌打ちの嵐なわけ。ちくしょう、また効かなかったよ、今度は何する？　みたいな。

今話すと異常だなって自分でも思うけど、それもこれも、沙羅が何やったって全然効き目ない顔してるのが悪いんだよ。泣き喚《わめ》いたり、ガチ切れして机ぶん投げたりさ、そういうリアクションすれば、皆だって「ああ、やり過ぎたのかも」って思うじゃない？　中にはきっと「もうやめようよ、可哀想だよ」っていうヤツだって出てくる。

でも、肝心《かんじん》の沙羅が平気な顔してるもんだから、こっちも「あ、こんなんじゃまだまだ大したことないんだ」って思っちゃうわけ。だんだん感覚が麻痺《まひ》していくんだよね。沙羅へのいじめが、皆の日常の一部になっちゃってたの。

そんな感じでいじめ続けて、あっという間に夏休み。

皆沙羅のことなんか忘れて遊びまくって、結衣は撮影で海外行ったりして、学校のことなんて全然思い出しもなかった。

その日もモナコのビーチで撮影して、スタッフとバーベキューして、疲れてベッドに横になる生活で、充実した気持ちでスマホいじってたの。

そしたら、ツイッターの方のアカウントで、デフォルトアイコンからの変なDM来ててさ。まあストーカーとかただのアンチみたいなのからもしょっちゅう来るから、大体ろくに読まないで即ブロックするんだけど、それは妙に気になって、ちゃんと開いて目を通したの。

『結衣。あんたでしょ。私のことで色々おかしなことしてるの。何となくわかってたけど、裏サイトっていうの初めて知った。最初からあんたの仕業《しわざ》だったんでしょ。どうしてこんなことするの。私の何が気に食わないの』

ああ、こいつ、沙羅だって一目瞭然。個人的にLINEは交換してないし他のSNSも知らないけど、結衣はモデル名も結衣だし、ツイッターもインスタもやってたから、コンタクト取ろうとしてそっちにメッセージ送ってきたみたい。

すっかり沙羅のことなんか頭の中から消えてたから、正直すごいバカらしくなって、返事もする気なかったんだよね。何しろその日は疲れてたし、明日も撮影だし、放置して寝ちゃったの。

それで、起きたらまた何通もＤＭが届いてた。

『ねえ、返事してよ。私が誰だかわかるでしょ』

『どうして何も言ってくれないの。一言くらい返してよ』

『私は理由が知りたいの。ちゃんと説明して。あんな下らないこと続ける意味は何なの』

早朝まで送ってたみたいで、結衣は通知切っちゃってて気づかなかったんだけど、本当にもう必死って感じだった。学校にいるときはあんな普通の顔してるのに、いきなりどうしちゃったんだろうって思って、もしかすると、こいつ沙羅じゃないかもしれないとも思った。

だってクラスにいる連中なら誰だって沙羅がどんな目にあってるか知ってるはずだし、沙羅のフリして結衣にメッセージ送ることだって可能だ。

でも、何のために？　って考えると、やっぱりそれは結衣をハメようとしてるってことしか思いつかないんだよね。心当たりのあるヤツらはたくさんいるから。

結衣が下手《へた》にこのメッセージ相手にいじめを認めるような返信なんかしちゃったら、スクショされて証拠が残っちゃう。そんなつまらないネタ週刊誌に流したって、結衣を本気で陥《おとしい》れようとしてるなら少し弱い気がしたけど、これは無視した方が得策だなってすぐに判断して、そのアカウントはブロックした。

どうせまた違うアカウント作って同じことするのかなって思ってたら、意外にそのまま静かになったんだ。ああ、やっぱりただの沙羅を騙《かた》った嫌がらせだったのかなって思って、結衣はそのＤＭのことだんだん忘れていった。

だってネット関係なら他にも本当に毎日たくさんのことがあるから、その中のひとつに過ぎなかったんだよ。嫌がらせも山ほどあるし、もちろん実害ありそうなのは事務所に相談して警察沙汰《ざた》になるけど、そこまでいかないただの悪口とか、気持ち悪いファンとか、リプにグロ画像貼って遊んでるヤツとか。

それ以上に多いのは称賛のコメントなんだけど、いい言葉ってたくさん貰《もら》ってもそんなに覚えてないのに、悪いことってひとつ来ただけで嫌に印象に残るんだよね。でも、それも数がどんどん多くなれば、いちいち気にしていられなくなる。

結衣は子どもの頃だって生意気だ、子どもらしくないって叩かれたし、成長したらしたでやっぱり生意気、年相応に見えない、ケバい、とか言われて、もう何したっていちいちアンチはケチつけるんだよね。正直そういうの慣れ過ぎちゃって、全体的にあんまり感じなくなってた。不感症みたいにさ。

それで、八月も後半になって、新学期が始まる直前。

夏休みで流れが緩《ゆる》くなってた裏サイトに、妙な書き込みがあった。

『お前ら、全員ゆるさない』

皆見てたはずだけど、誰も反応しなかった。半日くらい経って、誰かが全然関係ない投稿して、それに乗っかる感じでレスが続いて、その変な書き込みは流れていった。

結衣はそのときツイッターの変なＤＭのことも思い出して、仲いいクラスメイトのグループにＬＩＮＥしたんだよね。最初に沙羅を一緒になってハメたメンツ。

『ねえ、裏サイトの見た？』

夜の十時くらいだったから、皆からすぐに返ってくる。

『見た見た。何アレ』

『やっぱ沙羅じゃね？』

『そう思う？　実はさ、結衣の公式ツイッターにも変なＤＭ来たりしてたの』

皆にその内容を教えると、裏サイトのも合わせて、やっぱり沙羅本人なんじゃないかって空気になってきた。

『夏休みの間に何か覚醒《かくせい》しちゃった感じ？』

『だってずっとふっつ——にしてたよね。どうしたいきなり。価値観変わったかな』

『あれだ、きっと。ひと夏の体験とか』

『え、沙羅って処女だったっけ!?』

そんな風に話してる内に、だんだん裏サイトのことからは離れていって、最後は全然関係ない遊びの計画立てる流れになって終わった。

その翌日、沙羅が自殺したって担任から電話が来たの。

住んでるマンションの屋上から飛び降りたんだって。三十階建て。そんなところから飛び降りるって、どんな感じなんだろう。

それでやっぱり、あの書き込みもＤＭも本物の沙羅だったたってわかった。学校では平気なフリしてるだけで、全然平気なんかじゃなかったみたい。

つくづく、沙羅ってすごいって思った。結衣は演技下手くそだからさ、一回ちょい役でドラマ出たけど、あまりにも棒だったから次から笑えるくらいまったくお呼びかからなくなっちゃって。でも、沙羅だったら名女優になれたんだろうな。そんな風に考えたらますます憎たらしくなって、もっといじめてやるって思った。あ、でもそういえば死んだんだっけ、って気づいて、なあんだ、って拍子抜けしたの。

死んじゃったらおしまいじゃん。あいつ、頭いいくせにそんなこともわかんなかったのかなあ。最後裏サイトに恨み言書いて自殺すれば、皆沙羅が化けて出るんじゃないかって怖がるとでも思ったのかね。

そんなわけないじゃん。そりゃ、しばらく怯《おび》える子はいるかもしれない。でも、だんだん忘れてくんだよ、死んだヤツのことなんか。

だっていないんだもん。見えないし、声も聞こえない。そんな透明な存在のこと、覚えていられる？

皆忙しいんだよ。勉強あるしバイト頑張ってる子もいるし、彼氏彼女に振り回されてる子もいる。来年なんて受験じゃん。いつまでもいなくなったヤツのことなんて考えてらんないんだよ。

よく言うでしょ。いじめられた方は覚えてても、いじめた方は覚えてないって。いじめられっ子がいつまでも恨みに思ってたって、いじめっ子の方はそんなこと忘れちゃって楽しく生きてるよ。

理不尽？　そう思うんだったら、自分もジメジメした生き方やめて楽しめばいいじゃん。相手はすっかり忘れてるのにさ、自分だけ覚えてていつまでも考え込んでんの、バカみたいだよ。人生一回しかないんだから、そんなアホらしいことしてないで、もういじめられないように、暗い顔面何とかして、体も綺麗なスタイルにして、おしゃれして、話題増やして、勝ち組になったら？　って思う。

まあ、沙羅の場合は平均よりずっと上のパーフェクトガールだったんだけどね。それでもいじめられる隙《すき》を作っちゃったのはあいつの責任。やめて欲しかったらご自慢の頭で考えりゃよかったのに。無反応っていうのがこっちもいちばんムカつくじゃん。そういうことに関しては頭悪かったのかもね。結局自殺しちゃうんだからさあ。

あ。そうそう、それでね、この話で結衣がいちばん話したかったのは、沙羅の葬式でのことなの。

一応クラスメイトだから沙羅の葬式行くじゃない。アイツは遺書も何も残さないで死んじゃったし、家族にもいじめられてることなんて一切言ってなかったみたいで、結衣たちは何も責められなかった。喪服《もふく》のババアが突っ込んでくるかな、くらいは予想してたから、全然でちょっとガッカリ。

沙羅の通夜《つや》は家の近くの公民館でやっててさ。前の学校の子まで来てて、たくさんの弔《ちょう》問客《もんきゃく》がいた。人間、死んだときにその人の価値がわかるっていうのどこかで聞いたことあったような気がするけど、それで言ったら、沙羅はかなり価値のある人間だったらしい。皆本気で泣いてたし、家族だって当然、できの良い娘がいきなり死んじゃって号泣してたんだけど。

結衣、その家族見たことあったの。しかも、同じく葬式で。

その感覚って、沙羅を初めて見たときと同じで。

そのとき、あ、って思い出したんだ。

沙羅が最初に教室に入って来たとき、見たことあるって思ったの、芸能界にいる誰かのことなんかじゃなかった。

結衣ね、沙羅と同じ顔したヤツ、前にもいじめて自殺させちゃったことあったの。中学校一年生のとき。

そいつもやっぱりいじめてもいじめても無反応だったから皆エスカレートしちゃって、最終的にクラス全員にいじめられてた。それで、自殺方法も同じく飛び降り。沙羅と同じく遺書も何もなくて、家族にも周りにもいじめられてるなんてこと、一言も言ってなかったから、結衣たち以外、その子が自殺する原因がわからなかった。

先生にその後色々聞かれたりしたけど、皆で口裏合わせて、「知りません」「あの子は皆に好かれてました」「いつも楽しそうに遊んでました」って答えたから。

つくづく大人ってバカだよね。何で嘘が大好きな子どもの言うこと信じちゃうんだろう。まあ、もしも嘘っぽいって疑ってたとしても、クラス一丸となって嘘ついてるんだからどうしようもないよね。だって皆知ってたから。もし嘘がバレたら、すごく大変なことになるって。

昔と違っていじめも刑事告訴とかあり得るじゃない？　当時中学生だった結衣たちはその範囲に含まれないかもしれないけど、それでも犯罪者になっちゃう、牢屋《ろうや》に入っちゃう、っていう恐怖があったんだよね。いじめてた子が死んじゃったたっていうことよりも、自分たちが罪に問われることが怖かったの。

葬式で沙羅の親戚《しんせき》のおばさんたちが話してるの聞いてたら、沙羅って双子《ふたご》のお姉さんだったんだって。親が離婚して、両親にそれぞれ引き取られて名字も住む場所も違ってたみたい。だから、結衣は、沙羅も、沙羅の妹も自殺させちゃってたらしいの。

ねえ、これってってすごくない？　びっくりじゃない？

双子って顔が似るのはわかるけどさ、まさか同じヤツにいじめられて同じく自殺しちゃうなんて、って妙に感動しちゃった。

だって沙羅が双子の妹いじめられて自殺させられたときには、アイツは全然違うところに住んでたわけじゃん。誰にいじめられたかとか、どうしてそうなっちゃったかとか、絶対知らないはずなのに、それが田舎《いなか》から東京に引っ越してきちゃってさ、わざわざ自分も妹と同じく結衣にいじめられに来たみたい。

こんな偶然ってある？　少なくとも結衣は他に知らないよ。双子パワーだなあって単純に思った。二人にとってみたら全然いらないパワーだけどさ。ほんと、人生でいちばんのびっくり体験だったよ。

もちろん結衣がいじめて自殺したのなんかこの二人だけ。そうそう自殺なんてしないって。皆自分のこと殺すなんて普通怖くてできないでしょ。絶対痛くて苦しいもん。

それにしても、結衣ってばマジ記憶力ないよね。沙羅と同じ顔の子のこと忘れちゃってるなんてさ。年齢の違いはあるけど、でも双子だよ？　多分一卵性。普通は気づくよね。

でも忘れちゃうのは正直仕方ないかなあ。だって死んじゃってるんだもん。死んだヤツは忘れられるんだよ。この世にいないんだし。

だから今話したことも、結衣そのうち忘れると思う。

まあ、しょうがないよね。皆忙しいし。生きてる人間の相手で精一杯なのに、死んだヤツのことなんか構ってられないよお。

莉子

あのさ、まず話す前に、最初に言ってもいい？

最低だよ、結衣《ゆい》。本当、幻滅した。

何？　いじめが楽しいって。ワクワクするって。ふざけんなよって感じだよ、こっちは。

私、中学生のときいじめにあって、学校行けなくなって引きこもってたから、普通に許せないんだよね。いじめてたってこと、何でもないみたいに口にできちゃう人って。それどころかちょっと自慢げな風にも聞こえたし、自分が恥ずかしいことしたっていう自覚がないんだね。

夏休みが終わる頃に自殺したその子の気持ち、私はすごくよくわかるもの。その時期って、自殺する子が多いんだよ。当然でしょ？　学校行きたくないんだから。あんな地獄に戻るくらいなら、死んじゃった方がマシなんだよ。

昔のことだけど、今思い出しても本当に辛《つら》い。クラス全員から無視されて、体育でもペアになるとき誰も声かけてくれなくて。授業のときグループ作らなきゃいけないときでも、皆私のこと透明人間みたいに扱うんだよ。お昼ご飯のときだってもちろん一人ぼっち。今思い出しても涙が出るよ。

暴力振るわなくたって、大きな声で陰口叩かなくたって、誰かをどん底に突き落とすには存在そのものを無視するだけでいい。周りで楽しくお喋《しゃべ》りしたり、しょうもないことで笑ったり、ふざけあったりしてるのに、私だけ一人で黙って椅子《いす》に座ってるの。

そういうとき、ふと思うんだよね。私がここでいきなり自殺したら、皆は私に気づいてくれるのかな、って。今考えてみたら、異常な発想だし、馬鹿らしいし、子どもじみてるにもほどがあるんだけど、そういうことを考えるほど、私は追い詰められてた。

ねえ、結衣、そういう気持ち全然わからないでしょう。だって嬉々としてやってたんだもんね。毎朝学校に行くのが嫌で嫌で、朝起きる度《たび》に頭痛がしたり、お腹痛くなったり、電車の中で食べた朝ごはんそのまま吐いてサラリーマンに怒鳴られたり、ストレスで一気に十キロくらい落ちて生理止まっちゃう人の気持ちなんて、絶対にわからない。

あんたがいじめられている側の心理が理解できないのは、想像力がないせいよ。考えるのが面倒なせい。他人の感情がわからないからどこまでも残酷《ざんこく》になれる人間、人の痛みが共感できなくて自己愛が強い社会性に欠けた人間。

もういち段階深く考える能力が欠如してるんだよ。浅い部分しか把握《はあく》できなくて、表層に浮かんでいるものしか汲《く》み取れない。そしてそれがすべてだと思い込む。

どうせいじめた方はすぐ忘れるんだから、いじめられた方もいつまでもこだわってないで自分を変えて楽しく生きろって言うけど、確かに正論かもしれないけどさ、そういういつまでも忘れられない深い傷を自分がつけたんだ、っていうことには思い至らないんだね。どこまでも自分本位。最低以外の言葉が見当たらないよ。

でもね、勘違いしないで。私は今あんたのこと、糾弾《きゅうだん》するつもりなんてないから。まあ、今散々言ったけどね。結衣の話聞いてて溜まった鬱憤《うっぷん》晴らししただけ。この先の付き合いで同じこと話すつもりなんてない。

いじめが過去のことだからっていうんじゃないの。いじめ自体は許すつもりもないし、何したって永遠に許されない。あんたにいじめられて死んじゃった双子《ふたご》の姉妹が心底可哀《かわい》想《そう》だし、一緒になっていじめてた当時のクラスメイト全員まとめて同じ目に遭《あ》わせてやりたいくらい、腹が立つよ。

ただ、私もあんたを責められる人間じゃないから、責めないの。責められない。だって、そういう資格のある人間じゃないから。もしかすると、結衣より重い罪なのかもしれない。ううん、確実にそう。

葵《あおい》のケースは、本人のせいじゃないし、完全に被害者だから可哀想としか思わない。誰にも迷惑かけてないし、もちろん自殺させたりもしてないし。悪意が見えるっていうのは正直羨《うらや》ましいけどね。

でも、私は……バレたら確実に刑務所行きのことしでかしてるから。

結衣が最初に、「死にたいって思ったことあるか」って聞いたよね。私は皆と同様にない、って答えた。

さっきも言ったけど、自殺する子の気持ちはわかるよ。死んでやろうかって衝動的に思ったこともある。死ぬっていう具体的な行動よりも、消えたいっていうのかな。

でも私は、基本的にそういう死に関することを考えるとき、自分を殺すことよりも、相手を殺すことを考えてたの。憎らしくて憎らしくて、何回殺したって飽《あ》き足りない、って。だから、死にたいって思うことはあっても、実行に移す可能性はほぼゼロだったんだよね。ただ、死んだらどうなるかなって考えるだけだったから。もし本当に死のうと思ったら、自分が死ぬ前に相手を殺しに行ったと思う。だって自分だけ痛い思いするなんて嫌でしょう。まずは相手にも味わわせてやらないとね。

私は昔からそういう風に「〇〇したらどうなるか」って空想に耽《ふけ》るのが癖《くせ》だった。癖というか、趣味かもしれない。一人の時間が好きで、考え事をするのが好きだった。

集英社 〒101-8050 東京都千代田区一ツ橋2-5-10 ※表示価格は本体価格です。別途、消費税が加算されます。

コバルト文庫新刊案内

11月刊 好評発売中

【毎月1日頃発売】 cobalt.shueisha.co.jp @suchan_cobalt

大人気、後宮シリーズ最新刊!

後宮剣華伝
烙印の花嫁は禁城に蠢く謎を断つ

はるおかりの イラスト／由利子 本体610円

政略結婚し、顔も見ない皇帝との関係に嫌気がさした皇后・宝麟《ほうりん》。気晴らしに氷嬉《スケート》に興じていた際に出会った宦官の前では自分を飾らずにいられるが、彼の正体は夫の勇烈《ゆうれつ》で…!?

伝説の少女小説、復刻版第2弾!

なんて素敵にジャパネスク2

氷室冴子 解説／前田珠子 本体640円

新しい帝となった鷹男《たかお》から送られてくる手紙や使者にうんざりの瑠璃姫《るりひめ》。立場上強く出られない許婚の高彬《たかあきら》に業を煮やし、出家しようと尼寺に駆け込んだその夜、実家が炎上して!?

通学路を歩いていても、勝手に頭は想像のお話を作り出して、こうしたらこうなるに違いない、こういう展開になるに違いない、って思い浮かべて、そのストーリーの面白さに一人でニヤニヤ笑っちゃうの。誰かとお喋りしているよりも、自分の頭の中で空想に耽《ふけ》っている方がずっと楽しかった。

そういうところがいじめられる要因にもなったんだろうね。あの頃の私は本当に暗くて、顔を隠すように俯《うつむ》いて歩いてて、それで時々空想でニヤついてたから。今は当然そんなことしないよ。しないっていうか、顔に出さないだけなんだけど。

中学一年生でいじめにあって、私は夏休みが始まる前、早々に引きこもりになった。一日中部屋にいて何をしてたかっていうと、まあネットだよね。本読んだりもしてたけど、やっぱり誰かと繋《つな》がっていたいっていう欲求はあるから、ほぼずっとパソコンは開いてたし、その小さい画面の中が、私の生きる世界になっていった。

両親との関係は最悪。二人とも教師だったから、娘が不登校なんて恥ずかしかったんだろうね。父親は中学校の教頭にまでなってたし。

毎日顔を合わせれば学校に行け、行け、ってそればっかり。私ははっきり「いじめられてるから」とは言わなかったけど、「嫌なことがある」「クラスメイトと上手《うま》くいかない」とは伝えてたから、曲がりなりにも教師の親は察してたと思う。許せないのは、それなのに見ないふりをしたこと。わからない態度を装《よそお》ったこと。「とにかく登校してみなさい」「まずは自分を変えなさい」「皆が普通にしていることなのに、どうしてできないの」とか何とか。他にも色々言われた気がするけど、腹が立ち過ぎてもう忘れた。

一回だけ我慢できなくなって絶叫して暴れて、父親の趣味のゴルフクラブ振り回してテレビとかランプとか色んなもの壊しまくったら、それからは何も言わなくなった。それでも、父親は何かと私を学校に戻そうと画策してて、娘よりもそんなに世間体《てい》が大事なのか、って心底幻滅したし、殺したいほど憎かった。

つまり、両親は自分たちのそれまでの教育方針を否定したくなかったんだよね。私は特にその方針に反抗するだとか意識を申し立てるだとか、そういう独立した意識はまだなかったし、何でも親の言うことに従ってきたから、あの人たちの理想の子どもに育っているはずだった。そんな娘が学校で環境に馴染《なじ》めず友達もできず弾き出されて不登校だなんて、認めたくないことだったんだよ。だから、単純に「莉子《りこ》のワガママ」「莉子の怠《なま》け癖」っていう刻印をつけたかったんだと思う。

そういう環境だったから、自然と私は家族と顔を合わせないように自分の部屋から極力出ない生活をしてたの。接するのはネットの中の人たちだけ。

『ゴールデン・クエスト』って知ってる？　マイナーなネットゲームだったんだけど、かなりそれにハマってて、夢中でプレイしてた時期があった。オーソドックスなＲＰＧだったけど、最近のゲームって色々凝《こ》りすぎてて疲れるから、その平凡さが逆に心地よかったんだよね。

そこでね、『リン』っていう同い年の男の子と知り合ったの。リンはもちろん本名じゃないと思う。私も『リーザ』っていうユーザーネームで遊んでた。

リーザは『エリザベート・バートリ』から取ったの。エリザベートって名前の愛称よ。知ってる？　ハンガリーの吸血鬼。血の伯爵夫人って言われた、何百人も殺した殺人鬼だよ。美しくなるために処女の血を求めて村娘を攫《さら》ったり貴族の娘にまで手を出したり、それで何人も殺したっていう話。陰謀論《いんぼう》とか色々あるけど、有名な大量殺人犯として知られてる女。『鉄の処女』っていう拷問器具《ごうもん》、聞いたことない？　あれは彼女が作ったっていう伝説もあるの。

別に殺人鬼に憧れてるってわけじゃないんだけど、やっぱり引きこもってた当時は世の中すべてに攻撃的になってたし、強い何かになりたかったんだよね。女の大量殺人鬼って男に比べてずっと少ないし、戦争とか財産とかそういう利害のためじゃなくて自分の美しさのため、っていうところがすごくない？　自分の地位や富を利用して欲望のままに生きていて無敵って感じがして、当時学校とかそういう体制を全部敵視してアナキズムに偏《かたよ》ってた私にはそれがかっこよく見えて、それでその名前にあやかったの。

それに、世界の猟奇《りょうき》的な事件だとか異常犯罪だとか、そういうものにはずっと前から興味があった。プロファイリングとか犯罪心理学も勉強したいなって思ってたし、多重人格とか奇病とか奇祭とか、とにかくその辺に転がってないようなものばかり探してたの。普遍的なものはつまらないと思ってたのね。

それで、ネットゲームで知り合ったリンも同じ趣味でね。ジョン・ウェイン・ゲイシーとか、テッド・バンディとか、そういう有名なシリアルキラーのことをよく知ってた。

ホラー映画もよく観る子で、残酷《ざんこく》な事件とか田舎《いなか》の因習とか逸話とか、そういう刺激的な奇談の類《たぐい》が大好きだったの。私も同じだったからそういうことを語れるのが嬉しくて、私たちはあっという間に仲よくなった。

ゲーム以外の趣味の話をしても楽しかったし、時間を忘れるほどお喋りに没頭できた。スカイプでカメラ越しに話すようになってお互いの顔も声も知ってたし、私は東京でリンは大阪に住んでたけど、誰よりも近い存在だった。

何より、私たちは家庭環境が似ていたの。昼間からログインしてたから、お互い学校に行ってないことは明白だったんだけど、二人とも一人っ子で、やっぱりいじめで不登校になって。それに、リンも親との関係が悪いってことがわかった。

「俺、母親が嫌いなんや。ほとんど毎日癇癪《かんしやく》起こして、物とかめちゃくちゃ投げるさかい、家の中ひどいことになってる」

「ひどい。暴力振るわれるの？」

「殴《なぐ》ったり蹴《け》ったりはないんやけど、怒りの矛先《ほこさき》をどこに向ければええんかわからんくなるみたいで、とにかく物に当たるねん。前なんてリビングの椅子《いす》ぶん投げて、窓ガラス割ったことだってある」

「リンのお母さん、気合い入りすぎ。それって直接暴力振るわれなくったって、怪我《けが》しちゃうじゃん」

「せやねん。おとんが割れたガラスの破片で右頬《みぎほお》切れたことあってん。それから少し控えめになったけど、結局衝動が抑えきれへんみたいで、また戻ってきてる」

「それって心療内科案件じゃない？」

「多分、そういうとこは絶対行きたないんや、あの人は」

リンは自分の母親のことをお母さんとは呼ばなかった。「母親」とか「あの人」って言って、すごく遠くから見てる感じ。

彼の母親は歯医者で、会社員の父親よりも稼《かせ》ぎはあった。完璧《かんぺき》主義者で、息子が学校に順応できなかったってことが我慢できないらしくて、癇癪を起こして暴れるらしい。

リンは線の細い男の子でね、顔だけ見たらちょっと女の子と間違えちゃうくらい可愛《かわい》いの。でも気は強いし、ちょっと変わった趣味だし、頭の回転も早い子だったから、少し鈍《どん》臭《くさ》い相手は露骨に見下しちゃうようなところもあった。

そういう部分がいじめられた要素なのかもしれないけど、でも、リンが悪いわけじゃない。どう考えたって悪いのはいじめる方なんだよ。ここは結衣の持論とは異なるんだけど。どうせ平行線だろうから話し合う気もないけどね。

それを理解できなくて、リンが駄目な子だからいじめられたんだって思い込んで、どこで育て方を間違えたのかしら、なんて本人の前で言っちゃうようなひどい女が母親なんだよ。うちの父親とあまりにソックリで、心底同情した。

「うちは父親が最悪なの」

「リーザのおとんもキレるんか」

「ううん、そうじゃないけど。教頭先生だから、娘が不登校ってこと隠したくて必死なの。私のことなんかどうでもよくて、いつも自分のことしか考えてない。とにかく学校に行け、行け、って。行けてりゃこんなことになってないっつーの」

「ああ、先生かあ。そら難儀《なんぎ》やなあ。あいつら、他人の子のいじめも見て見ぬ振りやのに、自分の子どもでもそうなんか。教頭先生とか偉い先生なんやったら、直接学校行って抗議でもするんが筋ちゃうんか」

「絶対そんなことしないよ。相手の学校に迷惑かけるって思うだろうし、何より自分が恥ずかしいだろうし。私がいじめられてるって気づいてるはずなのに、『お前は自分が変わらないといけない』とか言うヤツだよ。全部私が悪いことになる。もう顔も見たくないし声も聞きたくないいんだよ。だから特に父親が帰ってくる時間帯以降は絶対に部屋の外に出ないし、朝出かけるまで気配消してる」

「そんなオヤジ、俺がリーザやったら俺の方がキレてまうわ。我慢でけへんもん」

「私だってキレたいよ。でもさ、引きこもりの未成年が親を殺害、とかダサ過ぎてできない。あまりにも普通じゃん」

「あはは、せやな。すぐにバレてまうしな。そこら中に転がってるつまらんニュースになるだけや。どうせならもっと難解なやつにしたいよなあ」

「あ、こういうのいいじゃん。どういう殺し方しようか考えようよ。それだけでスッキリしそう」

私たちは夢中になって自分の父親、母親の殺害方法を話し合った。実際にやるなんて全然考えてなかったけど、そういうことを真剣に話し合っていると、鬱屈《うっくつ》した気持ちが解放される気がしたから。

それに、私はリンの可愛い唇から残酷な言葉を聞くのが好きだった。暴力的なことからはおおよそ無縁な顔をして、リンはたくさんの猟奇殺人や拷問や残虐《ざんぎゃく》な歴史の本を読んでいるから、いとも簡単にグロテスクな表現を使う。

もっとショッキングな言葉を使って欲しい、もっとエキセントリックな言い方をして私を興奮させて欲しい。そんな風に思いながら、私はリンの女の子のような白くてつるつるした顔を見つめて、時間を忘れてお喋《しゃべ》りした。

そう、私は実際リンに会ったことなんかないのに、きっと恋をしていたんだと思う。まだ顔も声も知らない、文字だけのチャットのときから、強く惹《ひ》かれていた。状況も同じで趣味も同じで、嫌いな親がいて。

同世代の子たちがいるはずの社会から外れた私の限りなく狭い世界で、何でも話せるリンは唯一の友達で、仲間で、そして擬似《ぎじ》的な恋人だった。

昼間も話したけど、私は恋をするのが難しい。やっぱり文字で、言葉で酔わせてくれる人じゃないと魅力を感じられないの。リンはそれができる人だった。そしてその容姿を画面越しに見ても、テキストで感じた魅力は一切損《そこ》なわれなかった。それどころか、ますます深みにハマったと思う。

私は自分がどんな顔の男が好みかなんて把握《はあく》してなかったんだけど、もしかすると、リンみたいな男臭くない、スッキリした雰囲気《ふんいき》の、優しい顔立ちが好きなのかもしれない。九歳の頃にいきなり胸が大きくなって、同時に生理も始まって、周りではまだなってる子がいなかったから皆にからかわれたの。そのことがすごく恥ずかしくて、猫背《ねこぜ》になって俯《うつむ》いて、自分のことがすごく嫌いになった。大人の男が気持ち悪い目で私を見たり、男子も変に乱暴になって、私はどんどん暗くなって……男が本当に苦手になって、顔を見るのも苦痛だったの。

だから、女の子みたいな顔をしたリンにすごく安心した。リンは声も声変わりしてるのかしてないのかわからないけど優しい甘さで、言ってることは激しいけど口調は穏やかで、私はそういうリンの何もかもが好きだった。女の子が好きなわけじゃないから、男性的じゃない男の子が好ましいと思ってたのかもしれない。

かもしれない、っていうのは、つまりリンの後に好きになった男がいないからわからないんだよね。実験的に告白してきた男と付き合ったりもしたけど、恋心なんて全然なかった。だから、あの子は本当に私の狭いストライクゾーンの中にすんなり入った奇跡みたいな存在だったんだと思う。

「こういうトリックはどうや。交換殺人とか」

「ああ、いいね、そういうの。もし私とリンでやったら、絶対バレないんじゃないの。だって東京と大阪だし、わざわざ殺人のために行き来したりするなんて思わないし」

「せや。何より俺たちは実際会うたことあれへんし、スカイプだって記録は残るんやろうけど、会話の内容はテキストと違って残らへんしな」

「どっちかが殺人を実行してる間に、片方はアリバイ作ればいいんだもんね。これから夏休みだし、人の行き来も多くなる。通り魔の仕業《しわざ》ってことになれば実行した方の特定もますます難しくなるよ」

話し合っている内に、だんだん内容が具体的になってきた。東京から大阪へは新幹線で大体二時間半。イベントのある日に紛《まぎ》れて移動して、殺人を実行し、何食わぬ顔で戻ってくれば、半日もあれば決行できてしまう。

私たちはかなり興奮気味に計画を話し合って、想像上のこととはいえ、互いの嫌いな親をこの世から消して、満足して眠りについた。

こんな話を長々としてから寝たからなのか、私は夢の中で会ったこともないリンの母親を殺そうとしていた。私の人生にはまったく関わり合いのない、赤の他人のおばさんだけれど、リンのためと思えば躊躇《ためら》いはなかった。

でも、私は殺人なんかもちろんしたことがないし、実行しても上手《うま》くいかないかもしれない。そんな怯《おび》えがあって、夢の中での殺人は上手く行かず、私は何もできずに東京に引き返した。

それにしても、日曜日は憂鬱だ。父親が一日中家にいる。いっそのことどこかで事故にでもあってくれれば話が簡単でいいのに。

「莉子。話がある。降りてきなさい」

一階からお呼びがかかった。久しぶりにお説教タイムが始まるらしい。

以前思い切り暴れてからしばらく穏やかな日々が続いていたっていうのに、これから始まる不愉快な時間がどのくらいの長さになるのか、想像するだけで憂鬱になった。

のろのろと階下に降りると、父親は厳しい顔をしてダイニングの椅子《いす》に座っていた。向かい側に座れと顎《あご》をしゃくられて、強い嫌悪感を覚えつつ言いなりになる。母親は昼食の支度《したく》をしながら、心配げにチラチラとこちらを眺めている。

「もうすぐ夏休みが始まる。お前はどうするつもりだ」

「どうする、って……いつも通りだと思うけど」

「何の計画もしていないのか。お前はこのまま、部屋に引きこもって、何十年も親のすねをかじって生きていくつもりなのか」

予想はしていたものの、初《しょ》っ端《ぱな》からいつも通りの不快な嫌味。問題を解決しようともしないで、結論を急がせようとする浅はかな考え方。親という立場を利用した無慈悲《むじひ》な強要。

私は胸の内に渦巻《うずま》く憤《いきどお》りをこらえるだけで精一杯で、何も答えられなかった。

「新学期から、学校に戻りなさい」

「嫌。行かない。行きたくない」

これには即答した。学校には行かない。絶対に。

父親の顔が険しくなる。私とうんざりするほどそっくりな丸顔の童顔。それなのに性格から滲《にじ》み出たいやらしさで、これ以上ないくらい醜《みにく》いジジイにも見える。

「嫌なら、富山のおばあちゃんの家にお前を預けることになる」

「おばあちゃんのって……どうして」

「おばあちゃんと一緒に住んで、そこから富山の中学校に通いなさい」

富山の父方の祖母は不動産業をやっていて経済的には豊かだ。祖父はかなり昔に病気で他界していて、祖母は一人で仕事を切り盛りし、趣味のいい一軒家に家政婦と一緒に住んで優雅な生活を送っている。

けれど、息子の方の孫にはほとんど関心がなく、娘の孫ばかりを可愛がり、こっちには盆に行っても正月に行っても小遣いのひとつも渡さない意地悪ババア。里帰りの時期になるとニュースに必ず出てくる、駅で孫を出迎えるとろけそうな笑顔のおばあちゃんって都市伝説なんじゃないかって本気で思ってた。母方の祖父母はどちらもとっくに亡くなっていて、私はその意地悪ババアしか知らなかったから。

　そんなところへ預けられるなんて冗談じゃない。きっとまともな食事も出してもらえずに虐待《ぎゃくたい》でもされて、今度は帰宅拒否して学校に引きこもってしまうかもしれない。

「今の学校に通えないなら、他の学校に転校しなくてはいけない。だが、父さんも母さんも仕事がある。この家を離れるわけにはいかない。だから、お前は一人でおばあちゃんの家に行くんだ」

「そんなの嫌！　どっちも嫌よ」

「ワガママを言うのもいい加減にしろ！」

　突然、父親の拳《こぶし》がテーブルをへし折りそうに強く叩きつけられる。

　私はさすがに飛び上がって驚いた。殴《なぐ》られたことはないけれど、こんなにも大きな怒声を浴びたのも初めてのことだったからだ。

「お前はどこまで親を困らせれば気が済むんだ。ここまで立派に育ててやったっていうのに、どうしてお前は学校に行くというだけのことができないんだ」

「だって、嫌な目にあうから」

「中学校の生活ごときでくじけていたら、これから先社会でやっていけないぞ。相手は同い年の連中じゃないか。ここで上手くやれなきゃ、お前はこの先の人生、どこまでもお先真っ暗だぞ」

ああ、殺したい。本気でこいつを殺したい。

このときほど、私が父親に対してはっきりとした強い殺意を覚えたことはなかった。

父親はいつでも古い昭和の一般論だけ振りかざして、私に詳しい話を聞こうともしない。母親にはようやく少しずつ話すことができているけれど、父親のこいつはまるで聞く耳も持たず、自分の主張を声高にぶつけてくるだけ。

ただ世間的に見て普通なら問題ない。周りと変わったように見えなければ問題ない。綺《き》麗《れい》な蓋《ふた》をかぶせて、鍋《なべ》の中身がどんなに腐って悪臭《あくしゅう》を放っていようが構わない。

あんたはずっとそうやって教師をやって来て、いじめられている子も放置して、教頭になったんだろう。上のジジイ連中にばっかりいい顔して、自分の生徒たちがどんなことになってるかもろくに見ないで、結果だけを見て生きてきたんだろう。

「さっさと決めなさい。夏休みが終わったらきちんと学校に行くか、それとも富山のおばあちゃんの家に行くか」

私はもう何も言えなかった。当然、どっちも嫌に決まってる。富山の意地悪ババアのところには絶対に行かない。でも、新学期が始まったって登校もしない。

結局これまでと同じ日々が続くことを確信しながら、何も言わない私に父親は見切りをつけ、アホらしい説教タイムは終わった。

私は母親の作った焼きそばを持って部屋に駆け込んで、泣きながら食べた。

学校が辛《つら》くて家にいるのに、家でも辛いなんて、じゃあ今度は私はどこに行けばいいんだろう。本当に、父親さえいなければいいのにって強く思った。こんな父親なんかいらない。どんなに経済的に貧しくなったとしても、あんな父親いない方がずっといい。

私は縋《すが》るようにパソコンを立ち上げた。スカイプを開けば、いつも通りリンの名前があることに深く安堵《あんど》して話しかける。

すると、開いた画面に現れたリンの顔に、もう少しで悲鳴を上げそうになった。

「リン！　どうしたの、その顔」

「いや……こんなもん、大したことあれへん、そない気にせんでええねん」

「気にするでしょ！　せっかく綺麗な顔なのに」

リンの顔には、左目と右の口元に濃い青痣《あおあざ》ができていた。明らかに、暴力の痕跡だ。リンは色が白いだけに、その痕が酷《むご》たらしいほど鮮やかに目立つ。

「やったの、リンのお母さんなんでしょ」

リンは苦笑いしてた。やっぱりそうだ。どんどんエスカレートしてきてる。このままじゃリンが大怪我《おおけが》負わされる。殺されちゃう可能性だってある。

リンが殺されるなんてことを想像したら、私は全身が震え上がるほどの寒気を覚えた。リンのいない世界。そんなの、意味がない。私が心を保っていられるのはリンのお陰なのに、そのリンがいなくなってしまったら、私は崩壊してしまう。

私はその死の可能性を想像して絶望した。いつの間にか、こんなにもリンに依存していたと気づいたのはこのときが初めてだった。

この人を失いたくない――そう思ったら、私は自然とこう口にしていた。

「ねえ。やろっか、あれ」

「やる、て……何や。まさか、あれか」

「あれだよ。私たち、すごく詳しく話し合ったじゃない。実際行動に移してもいけるよ」

「いや、せやかて……リーザ、本気か」

「私も丁度《ちょうど》もう我慢の限界に来てるの。やるなら今だよ。私たちの世界を守るためには、やるしかない」

リンは目を丸くして、しばらく黙って私を見つめた。

けど、こっちが本気なんだってわかると、静かにため息を落として、目を伏せた。

「……せやな。ほな、やってみよか」

「やってみるんじゃない、やるんだよ。実行に移すからには、絶対に成功させなきゃ」

夢で見たような失敗は許されない。中途半端なことをすれば、殺人の計画が失敗した上に自分たちも少年院に入ることになる。

私たちは以前にも増して綿密に、真剣に計画を練《ね》った。八月は大阪も東京もイベントが目白押しだ。その中のひとつ、有名なロックバンドのライブの日に実行することに決めた。その日は両親が前々から東北旅行に行くことを計画していたので、私は自由に動くことができる。

「母親はいつも仕事帰りにこのトンネルを通る。夜はほとんど人通りがなくておとんも危ないさかいやめえ言うてるけど、あの人は家のすぐ近くだから大丈夫ってずっとそこを歩いて帰って来る」

殺害現場は、そこにした。私は近くの茂みに隠れて、リンの母親が通り過ぎた後、後ろから近づいていって背中を刺す。

狙うのはもちろん心臓だ。左側だと思い込んでいたけれど、解剖図《かいぼうず》なんかを見てみると思ったよりも真ん中という感じ。肋骨《ろっこつ》に囲まれているから、その間にナイフの刃を入れるのは難しいかもしれない。

この辺りのことは二人とも人間を刺した経験がないのでわからなかったけれど、ネットで色々と調べて、首を切れば頸動脈《けいどうみゃく》を断つことができ確実だが返り血がすご過ぎるとか、正面からだと逃げられるリスクも高まるとかで、やはり背中から心臓を狙う、というのが最もいいアイディアだと思えた。後は、余裕があれば出血多量になるように何度か刺す、とか。もう臨機応変にやるしかなかった。

使用するナイフは、春に買った刃渡り十三センチの果物ナイフ。あの頃はいじめが辛くていつか全員殺してやるつもりで買ったけれど、結局一度も持ち歩かずに机の中にしまってある。

そして、使ったナイフは体から抜いて持ち帰らなければいけない。凶器から犯人を探られたらきっとおしまいだ。指紋を拭いたとしても、型番などから販売店でも判明してしまえば、たとえ一見無関係な私でも、完全に安全などとはまったく言えない状況になる。

一方、リンのアリバイは久しぶりに外に出るなどとなると却《かえ》って怪しいので、やはり家の中で誰かと接触している必要がある。家族の証言は有効ではないと聞いたこともあるので、結局リンにはいつも通りネットゲームをしてもらって、ログイン履歴《りれき》やチャット履歴などをあえて残し、母親が刺された時間帯にもゲームをしていたという証拠を作る、という計画を立てた。

「けど、なあ、ほんまにええんか、リーザ」

リンは大きな痣のある顔を心配そうに歪めている。

「お前、失敗したら殺人犯やぞ。もしくは未遂。俺らまだ中一やけど、それでも犯罪者の仲間入りや」

「いいよ。だって今だって引きこもりじゃん。どうせもう社会からは弾かれてんだからさ、そこに多少色がついたって変わんないよ」

リンの母親を殺したら、今度は私の父親。そっちの計画もざっと立てて、私たちはついに最初の決行のために動き出した。

運命の日の一日前。

母親は私の食事を作り置きして、父親と三日間の旅行に出かけた。部屋の外から「行ってくるからね。戸締まりには気をつけるのよ」という母親の声に生返事をして、玄関に鍵《かぎ》がかけられる音を聞いた後、私は天敵がいなくなったことを確認した草食動物のように部屋から飛び出した。

わけもなく家中を駆け回って、リビングのソファに大の字になる。お菓子を食べながらテレビを見て、お笑い芸人のくだらない掛け合いに大声で笑ってやる。

何ていい気分なんだろう。ずっとこうだったらいいのに。束《つか》の間《ま》の自由を満喫《まんきつ》しながら、私はリンのことを考えている。

大阪に出発するのは明日。何度も確認した計画を頭の中で繰り返す。

夕方の四時に家を出て、五時前後の新幹線に乗り、七時半頃に新大阪に到着。リンの母親は八時を過ぎた頃に件《くだん》のトンネルを通る。駅からそこまで三十分かからない。私は丁度《ちょうど》いい場所で待機して、人がいないのを確認して、リンの母親を殺す。そして新幹線で東京に戻り、日付が変わる前あたりに帰宅する。

何か不測の事態が起きたら、無理はしないこと。これから先同じようなチャンスが巡ってくることは滅多《めった》にないかもしれないけれど、変に失敗して何もかもご破算《はさん》になるよりはずっといい。

翌日、私は計画通りに新幹線に乗った。リンの母親の写真は何度も見て目に焼きつけてある。リンにはあまり似ていない平凡なおばさん。中肉中背《ちゅうにくちゅうぜい》でその辺を歩いていればいくらでも見るような顔。

今日と明日の二日間ライブをするロックバンドのファンは大抵ゴスっぽい格好で黒い服装をすることが多いらしいので、私も黒いTシャツと黒いパンツと履《は》き慣れた黒のスニーカーを身につけている。返り血がついても目立たない色なのでそれも好都合だ。

新大阪駅に着いた。土地勘はないけれどリンが細かく地図を書いて教えてくれたので、迷わず、予定通りの時間にトンネル前に到着する。

夜の八時になる少し前。辺りはまだ完全に暗くなっていないので、慎重に身を隠していないといけない。私は虫除けスプレーを体中に噴霧して、黒いマスクをつけ、黒い手袋をはめて、茂みの後ろに屈み込んだ。音が出るといけないので、スマホの電源も切る。

そこは本当に人通りが少なくて、誰も通らない。昼間に比べて少しは涼しくなったけれど、たった一分待つだけでも汗が出てくる。マスクが暑くて息が苦しい。メガネが曇ってきて何度も拭《ぬぐ》う。手袋も汗でぐっしょり濡れている。

でも、もしも生きて顔を見られる事態になったらと思うと、マスクは外せなかった。汗でナイフが滑るかもしれないし、手袋もそのまま。

古びた街灯に、頼りない明かりがついた。体感だと三十分くらい待ったような気がしていたけれど、リンの母親は私が隠れてから十分も経たない内にやって来た。

心臓がヤバイくらいうるさく鳴っていた。変に体が冷たくなって、暑さも全然感じなくなった。

今の私は、莉子じゃなくてリーザ。大量殺人鬼の名前を借りた以上、一人くらい殺せなきゃ情けない。絶対にやり遂《と》げてみせる。私はそう自分を落ち着かせ、鼓舞させて、果物ナイフを握りしめて、リンの母親の背後をそろそろとついていく。

暗いトンネルの中で、おばさんは速度を変えず歩いていく。私は足音を立てないように近づいていく。

ふと、おばさんがこちらに気づいたように振り返りそうになった。私は無我夢中で背中にナイフを突き立てた。

「うっ」

おばさんは濁ったような変な声を出した。持っていたバッグが落ちた。そのまま倒れたおばさんに跨《また》がって、私は必死でナイフを抜いて、もう一度柄まで刺した。おばさんの体が、怖いくらい大きく痙攣《けいれん》した。

三度目に刺したとき、骨に当たる感触がして、刃が滑った。私はそのときハッと我に返って、飛び上がった。

周りに人はいない。おばさんは動かない。

リュックサックにナイフを突っ込んで、私は走った。途中でマスクも外して、手袋も外して、タオルで顔や腕を拭いて、返り血がほとんど肌にはついていないのを確かめた。

駅が近づいてきて、人通りも多くなって、私はその中に紛《まぎ》れて歩いて、帰りの新幹線に飛び乗った。帰りの新幹線には、今夜のライブを満喫したらしい真っ黒な格好をした女の子たちが、興奮して大きな声で喋《しゃべ》っていた。

家に着いたのは、十時半。呆気《あっけ》ないくらい、計画通り。

リュックサックの中に詰めたタオルがナイフについた血を吸っていたので、手袋とマスクも一緒にざっと洗ってからビニールにつめてゴミ袋に突っ込んだ。ナイフも洗って血を流したけれど、骨に当たったせいで刃が欠けていた。もう少し時間が経ったら、どこかに捨てに行こうと決めて元通り机の引き出しの奥にしまい込む。

証拠を片付けた後、たっぷりかいた汗を流すためにシャワーに入って、体に傷がついていないのを確かめる。浴室を出て新しい服を着たら、猛烈に空腹を覚えて、母親が作り置きしていった煮物や味噌汁を貪《むさぼ》るように食べた。レンジでチンする余裕もなくて、タッパーから直接、ガブガブ飲み込むみたいに吸い込んだ。

こんなにすごい食欲を覚えたのって、久しぶり。中学校に入ってすぐ二ヶ月くらい食欲がなくなって激痩《げきや》せして生理も止まってたから、そのときにはもちろん戻っていたけれど、それでもあんな餓鬼《がき》みたいにムシャムシャ食べ続けた経験なんかなかった。

人を殺したんだ。そんな実感、ほとんどなかった。何だか、夢みたいで。

おばさんを刺したときだって、人を刺しちゃった！　っていう感覚じゃなかった。夢中だったし、ほとんど体ごとぶつかっていった感じで、いつの間にか刺さってた。

ただ、骨に当たった感覚だけは覚えてる。それで我に返ったんだもの。

――何よ、結衣、そんな顔して。言っとくけど、あんただって私とやったこと変わらないんだからね。直接手を下してないだけで、人を殺したのは同じでしょう。

葵は、全然動揺《どうよう》してないね。もしかしてわかってた？　私がそのくらいのことはやってたって。だって、葵は悪意が見えるんだもんね。私がすごい悪人だってこと、きっとわかってたよね。

ひまり、すごい驚いてるけど、お願いだから誰にも言わないでよ。秘密をお互いに共有してるんだから。あんたたちだから話したんだからね。この後、つまらない話なんかしたら承知しないよ。……ウソウソ、怯《おび》えないでよ。まあ、そんなことないだろうけど。いくらいい子ぶったって、葵にはあんたの悪意見えちゃってるんだから。

それで、私は食事を終えて満足して、コーラを飲みながらパソコンを立ち上げた。すっかり夜型の生活になってるから、まだ眠気は覚えなくて、それどころか妙に目が冴えて、朝が来ても眠れるような気がしなかった。

スカイプを立ち上げても、リンはいない。『ゴールデン・クエスト』に入っても、やっぱりいない。私たちはしばらく連絡をとるのはやめようって示し合わせていたから、私は特に不安にはならなかった。

もう母親のことはわかったんだろうか。ちゃんと死んだかかな。そんなことばかり気になって、ネットでニュースを探してみた。もうテレビで報じられる時間帯じゃないし、こういうのは大体ネットの方が早いから。

「あ……。あった」

トップニュースではなかったけれど、比較的上の方に掲載されていた。写真もまだない、小さな記事だ。

『大阪、○○で××日二十一時前、通行人の男性から人が倒れているという一一九番通報があり、救急隊が駆けつけたところ、女性が血を流して倒れているのが見つかり、その場で死亡が確認されました。警察は女性が何らかの事件に巻き込まれたと見て捜査を続けています』

二十一時前。私がおばさんを刺したのは二十時を少し過ぎた辺りだった。ほぼ一時間、見つからなかったことになる。

「本当にあそこって誰も通らないんだ」

思わず呟《つぶや》いた。リンは本当にいい場所を知ってる。もしかすると、自分がここで母親を殺そうって考えていたのかもしれない。

もしももう少し早く見つかっていたら、おばさんは助かったのだろうか。それにしても、バッグに身分証明書なども入っていただろうに、最初のニュースでは名前を発表しないものらしい。そんな発見をしつつ、リンの母親を無事殺せたことを確認した途端、今度は猛烈な眠気に襲われた。

ベッドに入るとすぐに深い眠りが訪れて、あんなに眠れそうにないと思っていたのに、私は昼までこんこんと寝続けた。特に、おかしな夢も見なかった。

起きたら、体中筋肉痛でダルかった。普段引きこもりでほとんど動かないから、色々動いて、緊張でどこもかしこも強張《こわば》って、かなり全身を酷使《こくし》したらしい。

すぐにテレビをつけると、丁度《ちょうど》そのニュースがやっていた。

『死亡したのは、浅井恵津子《あさいえつこ》さん、四十一歳』

私はそのとき初めて、リンの名字を知った。『浅井』だ。名前の順で前の方なのって、ちょっと嫌だろうなと思った。まだ下の名前はわからない。

テレビ画面には、あの飽《あ》きるほどに見たリンの母親の平凡な顔写真が載っている。

この人、本当に私が殺したんだろうか。今更ながらに、そう思う。

きっと今頃、リンが疑われて、色々調べられているんだろうな。そんな想像をしたら可《か》哀想《わいそう》になったけれど、リンにはきちんとアリバイがあるし、すぐに容疑者の候補からは外されるだろう。

ふと、私は今になって、何か証拠を残してこなかったか心配になった。もしかすると、髪の毛一本くらいは落ちているかも知れない。でも、私には犯罪歴もないし、ＤＮＡを解析されたところで、まさか東京に住む十三歳の女の子のことまで調べないだろう。

殺人から、十日が経った。まだリンから連絡は来ない。

警察が乗り込んでくる気配もなくて、この時期になると私はほとんど自分が人殺しになったことも忘れて、のうのうと普通に引きこもり生活を送っていた。ゲームも普通に遊んでいたから、皆『最近リン見ねえな』なんて言ってて、少し心配され始めていた。

そんなとき、ようやくリンがスカイプに上がってきた。

慌てて繋《つな》いでみたら、画面に出てきたリンは、痣《あざ》こそもうほとんど見えなくなっていたけれど、憔悴《しょうすい》し切った顔をしていた。

「リン、久しぶり」

「おう。ごめん、心配したよな」

もう一年くらい声を聞いていなかったんじゃないかってくらい、懐かしく感じた。好きっていう気持ちがあふれて、思わず泣きそうになったけれど、話したいこと、聞きたいことがいっぱいあったから、泣いている暇なんてなかった。

「どうなってんの。大丈夫なの」

「うん、俺は平気。ほら、普通にゲームしとったから。おとんも人と会《お》うとったからセーフ。やっぱり、通り魔か、仕事関係の怨恨《えんこん》で捜査されてるっぽいわ。あの人の職場に警察来よったって。駅でも聞き込みしてるらしいわ」

「そっか……。リンが無事なら、私はそれでいいよ」

「俺より、リーザは平気か。お前、大丈夫か」

リンは本当に心配そうな顔で私を見つめている。元通りの白くて綺麗《きれい》な顔にほとんど戻っていて、私はそれだけですごく安心したし、ああ、あのおばさん、殺してよかったって思った。

「全然だよ。いつも通りの生活してる」

「何か……変な夢見たりとか、してへんか。具合悪なったりとか」

「大丈夫だよ。本当に超元気」

「そうかあ」

どこか気の抜けたような口調で、「お前は強いなあ」ってリンは呟いている。

そのとき、私はふと、リンの様子が少しおかしいのに気がついた。そういえば元々細いのに更に痩せたような気がするし、声も力がないっていうか、表情も全部ぼんやりしてる。憔悴してるとは思ったけど、それよりもっとどこかおかしい感じがして、私は何だか変に焦った。

「ねえ、リン。やっぱりあんたおかしいよ。どうしたの」

「おかしい？　そうかな。どんな風に」

「魂抜けちゃってるっていうか。体半分、別の世界に行っちゃってるみたい」

私の言葉に、リンはいきなり笑い出した。その笑い声も、掠《かす》れていてちゃんと音になってなくて、まるでおじいちゃんの咳《せき》みたい。

「体半分、別の世界か。リーザ、上手《うま》いやん」

「何があったの。ちょっとヤバくない」

「あんなあ。俺、やっぱりあかんわ」

「何が」

「お前の父親、でけへんわ。殺されへん」

一瞬、リンが何を言っているのか、理解できなかった。

「え、どういうこと」

「言うた通りや。俺にはでけへん」

「私は、やったのに？」

「うん。ごめん」

顔が凍りつくのがわかった。リンが言っていることが、徐々に心の中に染み込んできて、急激に私の体温が上がった気がした。

「ねえ、ふざけないでよ」

声が震えた。叫ばないように抑えるのに必死だった。

「冗談でしょ。できないなんて。嘘なんでしょ」

「お前にな、俺みたいになって欲しないねん」

「何言ってんだよ。どういうこと」

「俺な、母親のこと、ごっつ嫌いやってん。お前も知ってる思うけど。ほんま嫌いやった。死んで欲しかった。おらんなって欲しいて、ずっと思ってた」

リンはいきなり、べらべら喋《しゃべ》り始めた。

「せやけど、実際死んでもうたらな。何か、胸の中、スウスウするんよ。何も感じひん。スッキリしたあ、とか、ようやく消えたあ、って、嬉しいなる思ってたけど、全然ならん。葬式終わって、警察も家にあんまり来んようになって、ぼうっとしとったらな。何か、涙止まらんくなってな」

声は相変わらず力がこもってないのに、体の中にある空気を全部絞《しぼ》り出そうとするみたいに、リンは休みなく喋った。

「そんで俺、ようやく気づいた。俺は、母親に死んで欲しなかった。大嫌いやったけど、死んで欲しなかったんや。実際死んでもうてから、初めて気づいた。ほんま、遅過ぎるよなあ」

私は絶句していた。

リンは、母親に死んで欲しくなかった。そのことに後で気がついて、そして、今絶望しているんだ。

ねえ、そんなことってある？　二人で考えて、私が実行して、めでたく成功して、次はこっちの番っていうときに、いきなり後悔《こうかい》してる話なんかされて、混乱しないはずないじゃない。

「俺、あの人に認めて貰《もら》いたかったんやと思う。嫌いや嫌いや、って思とったけど、今までずっと言うこと聞いてええ子にして、母親の望み通りの自分でおろうとしたんは、あの人に褒《ほ》めて貰いたかったからなんや。俺は、あの人の誇れる子どもでおりたかったんや」

「今更、そんなこと言われても」

ようやく、それだけ言った。

本当に、どうしようもない。だって、殺したのは私なんだもの。それなのに、頼んできたリン本人が、本当は死んで欲しくなかった、だなんて。

「私、どうすればいいのよ。リンと一緒になって計画立てたんじゃない。それなのに、そんなこと言い始めて」

「ほんまにごめん。謝るしかない。ただ、リーザも俺みたいになって欲しないから、俺にはでけへん。それだけ言いたかった」

いやいや、私は違うから。あんたとは違うから。本当に殺して欲しいから。後悔なんか微塵《みじん》もしないから。

そう捲《まく》し立てる前に、通話が切れた。リンが、一方的に切って、消えちゃった。

「おいおい」

思わず、声に出てたよね。一体、私のしたことは何だったんだろう。

怒っていいのかどうしていいのかわからなくて、私は唖然《あぜん》としてた。

それから、リンは二度とネットに上がらなくなった。完全に消えちゃったの。

私たちはネットでしか交流してなかったから、ＬＩＮＥとか、メルアドとか、電話番号とか、そういうものは一切知らなくて、本当に連絡が取れなくなった。私が今わかってる情報は、リンの母親の名前と、あの殺害現場に指定されたトンネルの近くに家があるっていうことだけ。

どうしようもなくて、呆然《ぼうぜん》としてた。諦めるしかなかったけど、しばらくはモヤモヤしてたな。

その後、週刊誌で、リンが自殺したことを知ったの。私と最後のスカイプをしてから、少ししか経っていなかった。

　リンは未成年だったから、名前は載らなかった。結局、リンのフルネームはわからないまま。

　まるで、私が二人殺しちゃったみたいで、さすがにしばらく立ち直れなかったよ。どうしてこうなっちゃったんだろうって、考えても考えても、答えは出なかった。

　それでね、変な話なんだけど、そんなことがあったのに、新学期から登校するようになったの。何だか、どうでもよくなっちゃって。っていうか、もうこんなことがあったんだから、これ以上に怖いことなんか何もないじゃない？　無視されてもハブられても、だからどうしたって感じだよ。

　でも、そもそもいじめはもうなくなってた。私が俯《うつむ》かなくなったからかな。特に何もしてないんだけど、無視されなくなったの。話しかけられて、それに答えて。その内に、友達っぽい子たちも増えて。それからは呆気《あっけ》ないくらい、普通の学校生活だった。

　それでも、異常な夏休みのことは忘れられなくて、私は自分の頭の中を整理したくて、日記を書き始めた。それがきっかけで小説も書くようになって、後は皆も知ってる通り。

　デビュー作、リンとの話をネタにしたの。もちろん、自叙伝《じじょでん》だなんてバレないように工《く》夫《ふう》はしたけど、それが鬼気迫ってる、迫真の表現、なんて言われて、大賞もとれた。

そりゃそうだよね。迫真だよね。だって、全部本当のことなんだもの。

こんなことネタにするなんて随分《ずいぶん》図太いと思うだろうけど、ネタにしないでどうするのよ。私、すごい損したじゃない。お互いの嫌いな親を消そうって話だったのに、私だけがやって、リンはやらずに勝手に死んじゃって。

だから、せめてこういうところで役に立ってもらったの。そのくらいはいいじゃない？

ちなみに、今でものうのうと父親は生きてるよ。とっくに私は一人暮らししてるし、別にどうでもいいんだけど。こういう話するとき以外、思い出しもしないから。

でも、そうだなあ。もしも私に殺したいほど嫌いな誰かがいて、皆にも殺したいほど嫌いな誰かがいるなら、また計画してもいいのかもね。交換して、ってやつ。

何しろ一度やってるからノウハウあるし、大人になってお金も持ってる分、手段も増えてるし。ただし、バレたらしっかり刑罰は食らう歳《とし》になっちゃったけど。

成功したら、次はもっと大きい文学賞とれちゃうかも。なんてね。

はあ。あたしの番か。

ちょっと待って。まだ心臓がドキドキしてる。莉子《りこ》の話が衝撃的過ぎて、めちゃくちゃ怖い。結衣《ゆい》の話だってそうだよ。何が怖いって、どっちも罪悪感なさそうなところ。

ねえ莉子、結衣のこと批難してたけどさ……ダブスタってわかる？　あ、怖い、やっぱり何でもない。

何か困っちゃう、どうしよう。皆が今まで話してたのって、本気？　全部本当の話なの？

怖いよ。全員怖い。あたし、とんでもないところに来ちゃったよ。

大学の友達が四人集まって楽しいバカンスのはずだったのに、何でこんな呪いだいじめだ殺人だの暴露大会になってんの？　到底普通の女子大生じゃないよ。何でこんな揃《そろ》いも揃って普通じゃないんだよ。

これって、あたしだけ何もない、なんてことになったらさ、間違いなく口封じに殺されちゃう役じゃない。このまま那須《なす》の山に埋められてイノシシに食べられる運命じゃない。

あたしは誰も殺してないよ。いじめだってしたことない。当然、呪いにもかかってないよ。まあ、霊感ゼロでそういうのが見えてないだけかもしれないけど。いや、葵《あおい》のはそういうレベルじゃないか。ああもう、何言ってるかわからなくなってきた。

だけどさ、葵、言ってたよね。人の悪意が見える、って。あたしにもあるって言ってたよね。時々でっかくなるヤツが。

そりゃ、あたしにだって怒りだとか、恨みだとか、憎しみだとか、そういう感情がないわけじゃない。バカで天然だってよく言われるけど、でも、そういう気持ちを覚えないわけじゃないんだよ。

だから、自分で誰かに意地悪したり、殺しちゃったり、なんてことは経験ないけど、お願いしたことはある。依頼、っていうのじゃないんだけど、神社で神様にお祈りするみたいな感覚で、ああなったらいいのに、こうなったらいいのに、って言うことはあった。

でも、友達に話しただけだよ。莉子みたいに綿密に計画立てて、一緒に殺そう、だなんてしたことないよ。あたしは本当に友達相手に「消えちゃえばいい」とか「いなくなって欲しい」とかそういうこと言ってるだけだったし。そんなこと皆言うじゃない。「あいついなくなればいい」くらい誰だって言うでしょ？

ただ、あたしが話してたその友達は、ちょっと普通じゃなかったかもしれないんだけど。え、どんな風に、って？　今から話すけどさ……雰囲気《ふんいき》的には、葵みたいな感じだったかな。浮世離れしてて、大人びてて、っていうか、子どもっぽくなくて。でも、あたしには優しかった。大好きな友達だったよ。

その子は東京の子じゃないの。あたし、小学四年生の頃にね、両親が離婚して、お母さんの実家に引っ越したんだ。埼玉の少し田舎《いなか》の方の小さな町に。

離婚の原因は、どうやらあたしだったみたい。お父さんがね、ずっとあたしを虐待《ぎゃくたい》してたんだって。物心ついた頃にはそれが普通だったから、あたしは全然気づいてなかった。ただ普通に生活しているだけだと思ってたから。

だから、それを容易《たやす》くお母さんに言ってしまった。そしたらすぐに引っ越すことになって、お父さんとは会えなくなった。あたしは病院に連れて行かれた。カウンセリングみたいなところにも行ったかな。メンタルケアを受けさせられた記憶がある。

『お父さんのことをどう思っているの』とか『お父さんといるときどんな気持ちだったの』とか、色々なことを聞かれた。黒縁《くろぶち》のいやに太い眼鏡《めがね》をかけた優しそうな顔をしたおばさんが真剣にあたしの話を聞いてくれていたけど、正直詳しいことは全然話せなくて、申し訳なく思ったなあ。

お父さんとのことに嫌悪感を覚えていないのは、正直あたしが本当に何も覚えていないからなんだよね。まったくそのときのことを思い出せないの。特に記憶力が悪い子どもじゃなかったと思うんだけど、そういうこともあるんだって我ながらふしぎだった。

それで、東京から田舎に引っ越してきたから、クラスの中には、『東京から来た』ってだけで、生意気だと思って私を気に入らない子たちもいた。

莉子みたいな全員から無視されるってことにはならなかったけど、クラスでいちばん強気な性格の、結衣みたいなリーダーっぽい子にいじめられたから、皆その子を怖がっちゃって、それでなかなか友達ができなくて、あたしは放課後は教室を飛び出すみたいに早く出て行って、一人でとぼとぼ帰ってたの。

そんなある日、可愛《かわい》い三毛猫《みけねこ》がいたから、動物好きだったあたしはその子を夢中で追いかけて、うちの裏にある竹林の中に入っていった。

そしたらね、そこに女の子がいたの。丁度《ちょうど》あたしと同い年くらいだったかな。

おかっぱ頭でね、市松《いちまつ》人形みたいな綺麗《きれい》な顔の、可愛い女の子だった。赤いワンピースを着ていて、竹林の中に逃げ込んだ三毛猫を先に捕まえて、「この子、あなたの？」ってあたしに話しかけてきた。

「飼ってるんじゃないんだけど、可愛いから触りたくて追いかけてたの」

「そうなんだ。この辺には猫がたくさんいるよ。ほとんど野良《のら》だと思うけど。私も猫が好きだからここで可愛がってるの」

「あなた、ここの近くの子？」

「うん。いつもここで遊んでる」

何もない竹林でいつも遊んでるなんて変わってる、って思ったけど、ここに来て初めて同年代の子どもとまともにお喋《しゃべ》りできたことが嬉しくて、あたしは浮かれていた。

「ねえ、名前、何ていうの」

「私？　くめ」

「え、クミ？」

「ううん、くめ。あんまり人に言わないでね。皆変な名前だって言うから」

くめは恥ずかしそうに笑っている。もうそのときにはあたしはくめを大好きになっていて、きっと仲よしの友達になれるって確信していた。

「あたしはひまりっていうの」

「ひまり？　いいなあ、可愛い名前」

「ありがとう。でも、くめだって可愛いよ。他に同じ名前がいないのってすごくいいことだと思う。ひまりなんて何人も会ったことあるよ。だから、くめが羨《うらや》ましい」

あたしがそう言うと、くめは嬉しそうに笑ってた。笑顔がすごく可愛くて、あたしはくめの笑った顔をもっと見たくなった。

「ねえ、ひまりはこの辺で見かけたことなかったけど、引っ越してきたの？」

「うん、そう。親が離婚したの」

「え、そうなんだあ。大変だったね」

「あたしは全然大変じゃないよ。でも、時々夜におばあちゃんがお母さんを慰めてたりするから、お母さんは大変なのかもしれない」

うちは地元では結構な素封家《そほうか》っていうか、土地をたくさん持ってるお金持ちの家だった。お母さんはお嬢様育ちで、兄と弟に挟まれた女の子一人だったから、おばあちゃんたちは大事に大事に可愛がってきたんだって。伯父《おじ》さんは敷地内に家を建ててそこで奥さんと暮らしてた。その頃丁度子どもが生まれて、更に妹まで子連れで出戻ってきたからかなり賑《にぎ》やかだったな。

それで、家の裏の竹林もうちの敷地だったから、後で考えてみれば、くめがいつも遊んでるっていうのはおかしいんだよね。当時のあたしはそんなこと全然考えつかなかったけど、他人の家の竹林で遊んでたってことだから、よく考えれば世間の常識ではいけないことをしている子どもだった。

でも、小学生くらいってそんなものだよね。あたしもよく人の家の裏庭とか近道なんて言いながら通ったりしてたし、普段遊んでる雑木林だとか駐車場だとか、そこが誰の所有する場所かなんて考えたこともなかった。

あたしは、ただくめと友達になりたかった。ここに来て初めてちゃんとお喋りできた子だったから、竹林が誰の土地なのかなんて面倒なことを考える前に、純粋に嬉しかったし、毎日くめと遊ぶのが唯一の楽しみになってた。

実家に戻って来てからしばらくすると、お母さんには恋人らしい男の人ができていたみたい。学校から帰ると時々家にいたりして、やたらとあたしに話しかけてこようとするから、あたしはその男の人が嫌いで、会いたくなくて、なるべくくめと竹林で過ごす時間を増やしたかった。

ただ、あたしはその人がお母さんにとっての何なのかは知らなかったんだ。それをあたしに最初に教えてくれたのは、いじめっ子。

彼女は愛《あい》っていう名前で、さっきも言ったけどクラスでいちばん恐れられてる存在だった。何でそうなのかっていうと、とにかく気が強いんだ。口喧嘩《くちげんか》じゃ誰も彼女に勝てない。それに歳《とし》の離れたお兄ちゃんがいたせいか口も回る。大人まで言い負かしちゃうほど強くて、先生も彼女を持て余していた。

　母親が自治会長をやっていて色んな情報が集まってくるのか、本当にたくさんのことを知っていて、うちの事情も耳ざとく聞きつけていた。

「あんたんちのお母さん、早速男作って家に連れ込んでるんだってね」

　いきなりそんな風に話しかけられて、あたしは驚いた。

「何、それ」

「もう近所中の噂《うわさ》だよ。確か離婚して地元に戻って来たんでしょう。それなのに早々に男作るとか、よくやるよね」

　なんて、随分《ずいぶん》ませたことを言って嫌がらせをしてきたの。

　確かにその話は、すでに愛だけじゃなくて、皆知っているみたいだった。田舎だったから、すぐに噂が広まっちゃうんだよね。東京だと、そういうことってそんなにないじゃない。マンションなんか住んでるとさ、隣に誰が住んでるのかも知らないし、引っ越しでいつの間にか住人が変わってたって全然気づかないでしょ。

　でも田舎の方だと、すぐに誰がどこで何したかなんて知れ渡っちゃうし、人の口に戸は立てられない。そういうところはすごく嫌だったな。外を歩けば見知らぬおばさんにもよく声をかけられたし、「お母さんは元気?」「昨日は遅くまで出かけていたみたいね」なんて言われたりして、四六時中監視されてる感じがして居心地が悪かった。

　特にあたしはお母さんがここの生まれとはいえ、あたし自身は完全によそ者だったし、そのお母さんだって大学からずっと東京に出ていて、戻ってきたのは二十年以上経ってからなんだから、もう全然馴染《なじ》みなんかなくなってる。たまに盆休みや正月なんかは帰って来たりもしたけれど、お父さんが忙しい人だったから、ほとんど東京から離れたことがなかったの。

　それで、今付き合い始めた相手っていうのが、高校の頃の恋人だった人なんだって。そんなことまで他人から聞かされてしまって、あたしは子どもながらに、ここは何て窮屈《きゅうくつ》な場所なんだって思ったよね。

　あたしがお母さんの相手の男を嫌いだったのは、別に嫌なことをされたからってわけじゃない。単純に、お母さんを取られてしまうような気がしたから。

　今思えば、あの人はあたしの父親になりたかったから、一生懸命あたしに気に入られようとして話しかけてきてくれたんだと思うけれど、見知らぬ土地で、人見知りのあたしが、全然知らないおじさんにしつこくされたらどう思うか、ちょっと察して欲しかったよね。

　学校でも家でも居心地の悪い思いをしていたあたしが、竹林にいるくめに依存していったのは自然なことだったと思う。そこには何匹か猫も遊びに来るし、当時のあたしの楽園だった。

「ねえ、くめはいくつ？」

「ひまりと同じくらいだと思う」

「本当？　ここの生まれ？」

「うん、引っ越したりはしてないよ」

「でも、学校にいないよね。別のところに通ってるの？　私立とか」

くめはちょっと考えるように首を傾《かし》げて、

「学校、行ってないの。行かなくてもいいんだって」

と、ふしぎな答え方をした。今なら、日本は義務教育があるからくめの答えはおかしいってわかるんだけど、そのときはそんなこともあるんだ、ってただ驚いた。

「え、そうなの？　お母さんがそう言ってるの？」

「私は勉強しなくてもいいって。他の兄弟も行ってないかな。お兄ちゃんなんて滅多《めった》に部屋から出て来ないよ。最近なんてずっとだんまり」

「そうなんだあ。お兄ちゃんって病気なの」

「そうかもしれない。でも、大丈夫だよ。心配させてごめんね」

「ううん、あたしこそ、変なこと聞いちゃったね」

あたしはくめに友達でいて欲しかったから、嫌われたくなかった。でも、くめは本当に大人びていて、同い年の子たちのようにワガママを言ったり理不尽なことをしでかしたりはしないから、あたしは次第にくめのことをお姉さんみたいに思って甘えていた。

それにしても、くめの家は謎だ。お兄ちゃんなんて、と言っているから、他にも兄弟はいるんだろうけれど、何人兄弟、と正確に教えてもらったことはない。

あたしが知ってるのは引きこもりのお兄ちゃんだけ。そしてくめは学校も行かずにあたしが放課後に竹林に遊びに行けば必ずそこにいて、あたしは集まった猫たちに給食の残りを分けてやりながら、今日あったことやそのとき興味のあることをとにかくたくさんくめに話していた。

くめのお陰で学校で友達がいなくても寂しくなかったし、愛に嫌味を言われたりしても、放課後くめに会えると思えば全然平気だった。

あたしがそんな風に妙に飄々《ひょうひょう》としてしまったものだから、多分愛としては面白くなかったんだと思う。だから、ホームルームが終わって教室を出たあたしの後を、あの子はこっそりついて来たんだ。

あたしはまったく気づかずに、いつも通り、家に荷物を置いてすぐに家の裏手の竹林に駆け込んだ。

そしてくめと楽しい時間を過ごして猫を可愛《かわい》がった後、夕飯の時間になる前に「また明日ね」と言って家に戻ろうとした。

竹林の手前の道路に出たら、いきなり愛が声をかけてきた。まさか学校以外でこの子と会うだなんて思ってなくて、あたしは思わず悲鳴を上げてしまった。

「あんた、どうしてここに入ってるの」

「びっくりした。いきなり、何」

「だから、どうしてこの竹林に入ってるの」

「どうしてって……ただ友達と遊んでただけ」

「友達って誰よ」

「学校の子じゃないから、あなたは知らない」

あたしはなぜかくめのことを愛に言いたくなかった。秘密の友達というわけじゃないけれど、くめの家庭環境が少し特殊なんだということはいくらあたしでも理解していたし、そんなことをこのいじめっ子に言ってしまったら、きっとくめもいじめられると思ったからだ。

「とにかく、そこ、入っちゃいけないところなのよ。知らなかったの？」

「え？　でも、ここって多分うちの……」

「先生に言われてるんだから、入ったらだめ、って。今度見つけたら、言いつけてやるからね」

あたしはそんなわけないと思って、家に戻った後すぐにお母さんに聞いた。そうしたら、すぐに否定してくれると思ったのに、「そうねえ」と首を傾げている。

「確かにあまり入らない方がいい場所ね。小さい丘になっていてかなり広いから、迷子になったら困るでしょう。全然手入れもされてないみたいだから、何があるかわからないし」

「だけど、あそこはうちのなんでしょ？　何で入ったらいけないの」

「奥まで行かなければいいんじゃないの。でも、先生がそういう風に他の子に言っているなら、ひまりもあまり頻繁《ひんぱん》に入らない方がいいわよ。他の子も入りたいって言い始めたら困るじゃない」

そんな深い山奥でもあるまいし、どうしてただの竹林に入ってはいけないのかわからなくて、あたしは部屋に入って泣いた。そのときもお母さんの恋人が家に来ていたから、そいつに涙を見せたくなかった。

そういえば、自然とくめとは竹林で会うようになっていたけれど、他の場所では会えないんだろうか。あたしがそう思い込んでいただけで、本当は他の場所でも会えるのかもしれない。

あたしは翌日、かなり用心してくめに会いに行った。いつも通り竹林にいたくめに、昨日愛に言われたことを相談してみた。

「ねえ、くめ。他の場所では遊べないの？」

「どうして？　ひまりはここが嫌いなの」

「ううん、そうじゃないんだけど……この竹林、あまり入っちゃいけないらしいの」

「え、そうだったの？　でも、別に何もないよ。どうして入っちゃだめなんだろう」

「わからないけど……今まで話してたいじめっ子いるでしょ。あの子に、今度入ってるの見たら先生にチクるって言われて」

話しながら無性に悲しくなってきて、目に涙を溜めていると、くめはおかっぱ頭を揺らして考え込んでいる。

「そうなんだ。どうしてだろう。私はね、人のいるところは好きじゃないの。ここは静かだし、背の高い竹に遮《さえぎ》られてあんまり光も落ちてこないでしょ。私、あんまり太陽に当たっちゃいけないから、ここがいいの。猫たちともここでずっと遊んでるし」

「そうだったんだ……。それじゃ、あたしのおうちは？」

「うーん、あんまり……。私の家は狭過ぎるしなあ」

やっぱり、くめはあまりここ以外に行きたくないみたいだった。あたしはどうしたらいいのかわからなくなって、とうとう泣き出した。

「どうしよう。くめに毎日会いたいのに、会えなくなっちゃうの、嫌だよう」

「ひまり、泣かないで」

くめはあたしを細い腕で抱きしめて、頭を優しく撫《な》でてくれる。

「大丈夫。ちゃんと会えるよ」

「でも……あの子に見つかったら、先生に言いつけられちゃう」

「その子、きっとこの竹林のことじゃなくたって、色々文句言うんだよ。ひまりに嫌がらせをしたいだけだもの」

くめは冷静にそう言うけれど、あたしはこのときばかりは本当に愛が憎たらしくてどうしようもなかった。あいつさえいなければ、とはっきりそう思った。

あたしにはくめしか友達がいないのに。あいつはたくさんの取り巻きがいるくせに、何であたしの唯一の友達を奪おうとするんだろう。許せない。許せない。

「くめに毎日会いたいよ。あいつがどっか行っちゃえば今まで通りにできるのに」

「ひまり、あの子が消えちゃえばいいと思ってるの」

「だってそうでしょ。あいつがいなきゃ何も問題ないんだよ。本当に大嫌い。消えて欲しいよ!」

あたしはくめに抱きついて泣きながら叫んだ。

どうしてこんな辛《つら》い思いをしなきゃいけないんだろう、って思ったら、涙が止まらなくなって、声が嗄《か》れるほど泣いてしまった。あたしは普段はヘラヘラしているし滅多なことでは涙なんか出ないけれど、一度泣き始めると止まらなくなることがある。

我慢してやり過ごしたり、見ないふりをして誤魔化《ごまか》したりしていたことって、実はきちんと心の中に溜まっていくものなのかもしれない。そして、容れ物の縁まで来ると、一気にあふれ出てしまうんだ。

「ひまり、可哀想《かわいそう》だね。そんなにたくさん、我慢してたんだね」

くめは泣き止まないあたしの髪をずっと撫でてくれている。

「いいんだよ、ひまりは泣いても。だっていっぱい頑張ってきたんだもん。だから今度は、私が何とかしてあげる。あの子を消してあげるから」

それはいつものくめの大人びた慰めだと思っていた。あたしがひどく泣いているから、それを落ち着かせようとして言った言葉。

でも、それが本気のことだったんだ、って知ったのは、数日後のことだった。

愛が本当に、学校に来なくなった。先生が何も言わなかったから、最初は風邪《かぜ》かなと思っていたけれど、帰宅したらお母さんが青い顔をしてあたしを抱き締めた。

「よかった。今学校に迎えに行こうとしてたのよ」

「え、どうして。何かあったの」

「先生、何も言わなかったの？　ひまりのクラスの女の子、昨日塾に行ってからおうちに帰っていないんですって」

くめだ。あたしにはすぐにわかった。

くめが、本当に愛を消したんだ。あたしがたくさん泣いて、くめに会えなくなるって言ったから。

あたしはすぐに戻るとお母さんに言いおいて、くめに御礼を言いに行った。いつも通り竹林にいたくめは、にっこり微笑《ほほえ》んで、ちょっと得意げに胸を反らした。

「くめ、あいついなくなったよ！　ありがとう！」

「だから、何とかしてあげるって言ったでしょ」

「でも、本当にできちゃうなんてすごい！　一体どうやったの？　今あいつはどこにいるの？」

「それは秘密。誰にも見つからない場所で懲《こ》らしめてるから」

くめは自信満々だった。今警察が血眼《ちまなこ》で捜しているだろうに、見つけられないと確信していた。

その自信の通りに、愛は一週間経っても見つからなかった。大人たちは誰もが悲痛な表情を浮かべていたけれど、あたしはもちろん、クラスメイトの誰もが喜んでいるのには正直驚いてしまった。

「ひまりちゃんは知らないだろうけど、愛は皆から嫌われてたんだよ」

愛がいるときは何でも言うことを聞いてヘラヘラしていた金魚のフンの代表格がそんなことを言っていた。

「自分は皆の秘密を知ってるんだ、なんて言いふらしてた。本当に嫌なヤツだよね」

「いなくなって皆セイセイしてるよ。アイツ何だって自分がいちばんにならなきゃ気が済まないんだから」

「ひまりちゃんは駆けっこがいちばんだったから、アイツムカついてたんだよ。それに、すごく可愛《かわい》いから。今まで自分がいちばん可愛いと思ってたのも笑えるけどね」

次々に出てくる愛の悪口。あんなに大きな顔をしていたのに、本当はこんなにも皆から嫌われていたなんて、ちょっと可哀想になるくらい。

でも、愛がいなくなったお陰で皆はあたしに話しかけてくれるようになって、学校にいるのも苦じゃなくなった。たまには放課後にクラスの友達と遊ぶことも増えて、あたしは家に帰るとまずそのことをくめに話さなくちゃいけなかった。

「いちいち言わなくても大丈夫だよ、ひまり」

くめは大人だから、いつでも快《こころよ》くあたしを送り出してくれる。

「私はいつでも猫とここにいるから、ひまりが会えるときに会いに来て。大丈夫、ひまりが来るまでもあたしはずっと同じことをしていただけだから。だから気にしないで。それで、たまに思い出してくれるだけでいいんだから」

大嫌いな愛を消してくれたのに、少しも恩着せがましい態度を取らないし、あたしが他の子たちと遊ぶようになっても、変わらずにあたしの友達でいてくれるくめが、あたしはますます大好きになった。

だから、相変わらずいちばんの親友はくめ。今以上に特別な存在になったくめを、あたしは神様のように思うようになっていた。

そしてくめもあたしの気持ちをわかってくれていて、変わらずにあたしをまるで姉のように見守ってくれた。

それにしても、本当に愛はどこに行っちゃったんだろうか。ふしぎだったけれど、別にあいつがどこで何をやっていようと興味がないあたしは、すぐに愛のことを忘れた。いつしか警察も捜査を打ち切って、あっという間に一年が経とうとしていた。

小学五年生の春、初潮が来た。周りにはもうなってる子もいたし恥ずかしいとは思わなかったけれど、体の変化と同時に、母親の恋人の態度が少しずつ変化してきて、あたしはますますそいつを不快に思うようになった。

着替えるときはいつも見られているような気がするし、妙に体に触ってくるようになった。ある晩うちでお母さんと飲んで酔っ払ったそいつが絡んでくるのが嫌で、お風呂に入ってすぐに寝てしまおうと思って浴室に入って湯船に浸かっていたら、そいつが半透明の扉の前に立っているのがシルエットでわかって、あたしはびっくりして悲鳴を上げた。

すぐにお母さんが飛んで来たけれど、男が「酔ってトイレと間違えた」なんて言ったら、お母さんは簡単に納得してしまって、あたしが怯《おび》えているのに「酔っ払いはどうしようもないわね」の一言で済ませてしまった。

それ以来あたしは家のどこにいても心休まる時間がなくて、寝るときはドアと壁につっかえ棒をして開かないようにしたり、それでも不安で満足に睡眠がとれなくて、毎日ぼうっとしてしまうようになった。

「ひまり、最近元気ないね。どうしたの？」

そしてやっぱり、一番に気付いてくれるのはくめだ。あたしは堰《せき》を切ったようにあの男の今までのことを打ち明けた。

「怖いね。それじゃ眠れなくても仕方がないよ」

「うん、もう、変な夢ばっかり見るし、しんどいよ」

「このこと、お母さんには言った？」

あたしは首を横に振る。言えるわけがなかった。お母さんの恋人なのに、何だか自分を変な目で見てるような気がする、だなんて。

もうあの男はほぼおばあちゃんたちも公認しているようなもので、「いい年をした大人なんだから、長いこと付き合ってないで結婚しなさい」とまで言っていたから、他の家族にも相談できなかった。

お父さんとお母さんはあたしのせいで離婚した。それでまた、あたしのせいでお母さんが誰かと上手《うま》くいかなくなることが嫌だった。まるで疫病神《やくびょうがみ》みたいだから。

それに、生理が始まって急激な体の変化を感じている自分と、まだあたしのことを子どもと思っている周りの認識に乖離《かいり》がある気がして、「男に狙われている」ようなことを話したら、自意識過剰《かじょう》だ、急に色気づいて、と馬鹿にされるんじゃないかと怖かった。

「もう、あいつ消えちゃえばいいのに」

思わずそう呟《つぶや》いた。ふと既視感《きしかん》を覚えて内心ドキッととすると、そういえば愛のときにもそう言っていた——消えちゃえばいいのに、って。あたしはそのとき、久しぶりに愛のことを思い出していた。

「じゃあ、そいつも消しちゃう？」

くめは、またいとも簡単にそう口にした。あたしはさすがに驚いて、親友の顔を穴が空くほど見つめた。

「嘘、無理しないでよ、くめ。あいつ、身長高いし体も重そう。大人の男なんだよ？」

「ううん、大丈夫。私ならすぐに消してやれるから」

「本当……？　でも、くめがそう言うなら本当にできちゃうんだろうね」

数日後、再び、くめは魔法のように人を消した。今度は体の大きな成人男性だったというのに、そんなことまったく関係ないみたいだった。

再び警察が捜索したけれど、やっぱり見つからなかった。お母さんはひどく泣いていたし、おばあちゃんたちも落胆《らくたん》した顔をしていたけれど、あたしは満足だった。

きっと、もしも子どもの頃のようにあたしが無邪気にあいつの行動をお母さんに報告すれば、やっぱりすぐにあいつを引き離してくれただろう。でも、あたしは大人に近づいてしまって、とてもじゃないけどそんなことは恥ずかしくて言えなかった。

あたしはお母さんのことが大好きで、嫌われたくなかった。ここへやって来たばかりのとき、すぐにあの男が現れて、お母さんとあたしの間に入ってくるのがすごく嫌だった。

お父さんと会えなくなって、家族はお母さんとあたしの二人だけになってしまったから、あたしはお母さんにとって自慢の娘になりたかった。お母さんを喜ばせて、お母さんに幸せな顔をさせたかった。

でも、実際にそうさせていたのはあの男だった。お母さんはどこか遠くを見るような目になって、あたしを真っ直ぐに見なくなった。大人の恋愛なんて全然知らなかったけれど、それでもあたしは、お母さんがこうなってしまったのは、あの男のせいなんだと理解していた。

だから、いなくなってくれてよかった。もしもこのまま黙っていてくめにも相談していなかったら、お母さんはあいつと結婚して、そしてあたしは新しいお父さんになったあいつにまた『虐待《ぎやくたい》』されていたんだろう。

でも、何もできなかった頃のあたしとは違う。あたしには、くめがいるんだから。愛に次いで今回あいつを消してくれたことで、くめは本当に何でも消せるんだとあたしは確信した。

だから、あの男が消えたのを皮切りとして、あたしは気に入らない大嫌いな人たちをくめにすぐに報告するようになった。

くめは何でも「じゃあ、消しちゃおうか」と言うわけじゃないけれど、あたしが追い詰められて、縋《すが》り付くように話してみると、いつでも「消しちゃおうか」と提案してくれた。

そしてそれは、例外なく実行された。気に入らない教師、気に入らないクラスメイト、気に入らない近所のおじさん――。

正確な数は覚えていないけれど、所詮《しょせん》小学生の子どもの生活範囲だから、あまりにも連続して消してしまうとおかしなことになる。だから、間隔はかなり空けていたと思うんだけれど、やっぱりあたしの最も身近な人は、何かおかしなことが起きていると気づいていたらしい。

え、そんなに消してしまいたい人が大勢いたのか、って？

そりゃそうだよ。だって皆、特に小さいときなんかは、「死んじゃえ」とか平気で言わなかった？　あの子嫌い、消えて欲しい、死んじゃえ、って。

あたしはそんな感覚で「消えればいいのに」って言ってたの。それで、それが現実のことになるんだから、そりゃちょっと気に入らないヤツなんかすぐに消しちゃおうって思っちゃうよね。まるで魔法みたいにいなくなるんだから。自分が何もしていないのにそんな奇跡が起きるものだから、簡単に「消えろ」って言うようになっていた。消えた人たちが、一体どうなっているのかなんて想像もしなかった。

そんなこんなで、あっという間に中学校に上がる年が近づいた。

学校の友達と遊んだ後、いつものように竹林に寄ってくめに会ったの。何年も日課になっている今日一日の報告をして、猫たちを撫《な》でながら他愛《たわい》ないお喋《しゃべ》りをしていた。

そしたら、いつの間にかお母さんが後ろにいて、「ひまり」って声をかけてきたの。

あたしは振り向いてびっくりした。抱いていた猫が飛び降りて、どこかへ走って行った。

これまでお母さんがここに来たことなんてなかったから、何か起きたのかと思ったくらい。

「あなた、そこで何してるの」

「見ればわかるでしょ。友達とお喋り」

お母さんが怪訝《けげん》な顔をしているので、くめの方を見ると、あの子はいつの間にかいなくなっていた。そういえば、くめは人に会いたくないと言っていたことを思い出す。

「お母さんが来たから、帰っちゃったみたい」

「何、その子、随分《ずいぶん》な人見知りね。学校のお友達?」

「ううん、学校の子はさっきそこで別れた。くめはずっとここにいるよ。学校の友達じゃない」

「……くめ?」

お母さんも変な名前だと思ったのか、変な顔をして首を傾《かし》げている。

そしていきなり何かを思い出したようにハッとして、見る見る内に顔の血の気が引いていった。

「ひまり、行こう」

「何よ、引っ張らないでよ」

妙に強い力であたしの腕を摑《つか》んで、お母さんはあたしを竹林から引っ張り出した。そのまま真っすぐ家に連れて行かれて、それでリビングのソファでお茶を飲みながらテレビを見ていたおばあちゃんに、「ひまりが、くめに会ってたって」って押し殺したような低い声で言ったの。

おばあちゃんは瞼《まぶた》が垂れて小さくなった目を丸くして、訝《いぶか》しげにお母さんを見上げた。

「え、くめ？　くめって言うのは、あれのこと？　昔話の」

「そうよ。あの竹林の奥には祠《ほこら》があったでしょう。私はくめを見たことなかったけど、やっぱりいるのよ」

お母さんはすっかり怯《おび》えていた。あたしはなぜそんな反応をされるのかわからず、不安になって目をキョロキョロさせた。

「ねえ、何の話してるの」

「ひまりは覚えてないか。小さい頃にばあちゃんが昔話してやったでしょう」

言われてみると、覚えているようないないような、曖昧《あいまい》な記憶だった。

「くめはご先祖様がここいら一帯の地主をしていた頃からいた妖怪だよ。子どもにしかその姿を見ることのできない、人を食べる妖怪だ」

「え……妖怪？」

あまりにも突飛《とっぴ》な言葉が出てきたことにキョトンとして、あたしは首を横に振った。

「くめは妖怪じゃないよ。あたしと同い年くらいの女の子。おかっぱで、赤いワンピースを着ていて……」

ふと、そのときあたしは気づいた。

どうしてくめはいつも同じ赤いワンピースを着ていたんだろう。ほとんど毎日会っていて、そのことをおかしいと思ってもいいはずなのに、あたしは全然そんなことは気にしていなかった。

「あの竹林の奥には沼がある。底なし沼だ。くめはそこに落ちて死んでしまった子どもが妖怪になったものなんだよ。危険だからと埋め立てようとすると沼に引きずり込まれる人が後を絶たずに、ご先祖様は埋めるのを諦めて供養《くよう》のための祠を建てた。それ以来、くめは大人しくなったという話だった」

「そのお話、聞いたような気がするけど、でも……くめはあたしの友達になってくれて、何でも話を聞いてくれて、優しくて」

「タカトさん、ひまりが竹林で一人で誰かと喋って笑ってるって言ってたのよ」

タカトさん、というのはお母さんのいなくなった恋人のことだ。あたしはお母さんがあの男をそう呼ぶときの声が嫌いだった。

「だから、病院に連れて行った方がいいんじゃないかって。私は猫にでも話しかけているんでしょうと言ったんだけど、そうじゃなかった、明らかに友達と話している風だったと言ってたの。私は年頃の女の子のすることだからと取り合わなかったんだけど、その後、いなくなってしまって……」

あの男は見ていた。けれどそれはあたしの後をつけ回していたってことだ。あたしはくめを妖怪だ何だと言われたことよりも、よほどそちらの方にゾッとした。

「ひまり。お前は以前学校の友達に、あの竹林に入ってはだめだと教えられたらしいね」

愛のことだ。お母さんがおばあちゃんに伝えていたようだけれど、愛は友達なんかじゃない。あたしはそう反論したかったものの、もういなくなった子だし、どうでもいいかと黙っていた。

「ここいらの子どもたちは、もう昔話なんか知らないだろう。でも、あの竹林には近づかない方がいい、という教えは残っている。だからひまりにそう注意したんだろう」

「底なし沼があって危ないからってこと？」

「そこまでのことを今の子どもたちが知っているのかはわからない。ただ、祠があったり石碑《せきひ》があったり、そして特徴的な地名などには、昔からの人々の『印』のようなものが隠されていることが多い。現代人はそれを理解せずに印を消してしまったり、土地の名前を変えてしまったりもするが、あれは『ここでは土砂災害がある』とか『ここまで水が昇ってくる』だとか、そういうものを後の人々に伝えるためのものでもあるんだよ」

おばあちゃんの話は難しくて、あたしにはよくわからなかった。ただ、祠があることで、ここは危ないだとか、近寄らないほうがいいとか、そういうことを知らせているのかもしれない、ということはぼんやりとは理解できた。

「じゃあ、妖怪は？　くめは？」

「それも、私は人々を沼に近寄らせないための作り話だと思っていたんだけどねえ」

「でも、妖怪だって言うなら、何でくめなんて可愛《かわい》い名前なの」

「くめという名前は、喰らう女、『喰女』と書いて『くめ』と読むんだ。人間を食べる女の化物、という意味だ」

あたしはそのとき、初めてくめを怖いと思った。面白くて可愛い名前だと思っていたのに、そんな意味があったなんて。

それからのことは、あたしにはよくわからない。

家族会議が開かれて、最初はお母さんやおばあちゃんたちが寺だ神社だお祓《はら》いだ、みたいに言っていたんだけれど、伯父《おじ》さんの奥さんの実家が大きな病院をやっていたから、とりあえずそこで診《み》てもらおうということになったらしい。

結局、あたしは入院させられて、色んな薬を使われて、ぼうっとして何ヶ月か病院で過ごしたの。どういう病気だったのかは知らない。すぐに元気になるって言われて、投薬だけで手術はしてなかったと思う。

退院したら、竹林はなくなっていて、沼は埋め立てられて駐車場になってた。

もちろんくめはいなくて、まるでふしぎな夢を見ていた気分。

でも、くめが消してくれた人たちは未だに帰って来たなんて聞いていないし、くめがどこかに閉じ込めたままなんだと思う。

くめが本当に妖怪だったのか、それとも別の何かだったのか、あたしにはわからない。

ただ、実際にあたしがくめに頼んで人が消えているし、あの子が普通の女の子じゃなかったんだってことだけはわかる。

「あの竹林であったことは誰にも喋っちゃいけないよ。もちろん、くめのこともね」

家族に固く念を押されて、あたしはそれに従った。

だから、こうして皆に話すまで、誰にもくめのことは打ち明けたことなんかなかったよ。

あたしにとっては、この話がいちばんの秘密の話。皆と違って、何だかおとぎ話っていうか、曖昧《あいまい》な感じで申し訳ないけど……。

え？　消えた人の数はいちばん多いって？

そんなことなくない？　それで言ったら葵がいちばんじゃん。相当昔に遡《さかのぼ》るけど。

それに、くめが消えた人たちをどこへやったかあたしは知らないんだよ。まあ、皆あの底なし沼に沈めたと思ってるんだろうけど、そしたら警察が見つけそうなものじゃない？

確かにあそこはうちの土地だったから、誰も入らないと思うし、私有地は捜査できなかったのかもしれないけど……警察ってそんなものだっけ。ああ、もしかしてうちの権力みたいなのが影響してたりするのかな。田舎《いなか》の話だしね。

その辺りのことも、実はよく知らないんだ。あたし、退院してすぐにまたお母さんと一緒に東京に戻ったから。だから、中学校からは東京で過ごしてるんだよね。今あそこがどうなってるのかもよく知らないんだ。ほとんど帰ってないし。

まあ、とにかく今は埋め立てられちゃってるから、もしもいなくなった人たち全部あそこに沈んでたら、今でもあの駐車場の下にいるってことになるね。

竹林も沼も全部なくなっちゃったけど、祠だけはなぜか残ってたから、その人たちを慰《い》霊《れい》するためなのかな。

あれ？　でも、あの沼に人が沈んでるなんて、誰も知らないはずだし、わからないよね。やっぱり、くめが怖くてあのままにしてあるんだと思う。結局、祠があったってくめはあそこにいたし、人も消えちゃってたけど。

くめとはもう会えてないのかって？

うん、そうだね。もしもくめが本当に妖怪だったとしたら、子どもにしか見えないやつだっていうし、もうあたしとは会ってくれないだろうな。

でも、何だか寂しいっていう感じはあんまりないの。あの時期は本当に大事な友達だったし依存し過ぎてたくらいだったけど、そんなに遠くに行っちゃった気はしなくて。見えてないけど、案外近くにいるのかもしれない。ただ、あたしがそう感じてるだけなんだけどね。

今でもあたしは消して欲しいと思った人たちが嫌いだし、それをくめにお願いしたことも後悔《こうかい》してないんだ。お母さんには悪いけど。

だからもしもまたくめに会えたら、「ありがとう」って言いたいな。あたしの代わりに、大嫌いなヤツらを消してくれてありがとう、って。

だってあたしだったら絶対できないことだったんだから。

ヘタレな性格のあたしならさ。

???

キャハハハ！　キャハハハハハハハ！

あ、ごめん。つい興奮しちゃって。

だって皆本当にすごいんだもの。思った以上の悪人ぶり。

ありがとうね、正直に話してくれて。どの話もすごく興味深くて、夢中で聞いちゃった。

何だか私の話なんて全然つまらなかったね。皆の話の方がすごくいい。

結衣《ゆい》の話は、双子《ふたご》と知らずにどっちもいじめて同じように自殺させちゃったっていうのが、もう出来すぎてて気持ち悪いくらいだし、莉子《りこ》の話は、さすが作家って感じで、殺人のシーンでゾクゾクしちゃった。ひまりはそんなふしぎな友達がいたことが純粋に羨《うらや》ましいなあ。何でも消してくれるなんて、最高じゃない。

ねえ、でもさ、皆少しずつ嘘ついてるでしょう。

あれ？　違ってるかな。でも皆の後ろにいる黒いヤツは中々正直者なんだよね。本当のことを話すときには生き生きして動きが活発になるんだけど、何か隠してるときには萎縮《いしゅく》するの。

だめだよお、皆せっかくの悪人ぶりがもったいない。

結衣、あんたがいじめて追い詰めて自殺させた人数、本当に二人だけ？　違うよね。でも、何人かは言えないでしょう。だってあんた自身にだってわからないはずだもの。それだけたくさんいじめ抜いて人生崩壊させてきたってこと。もしかすると、行き過ぎたいじめで直接殺したこともあったかもしれないね。

あんたが誰かを攻撃してないときなんてなかったはず。それは後ろの常にギラギラしてる輝きが証明してるもの。傲慢《ごうまん》と嫉妬《しっと》と憤怒《ふんぬ》の赤。今もすごく綺麗《きれい》に光ってるよ。

莉子、そのリンって男の子が自殺だって言ってたけど、本当にそうなの？　交換殺人っていう話だったのに、あんたがきちんと殺人した後に、相手に「俺はやっぱりできない」なんて言われて、そのまま引き下がるタマには到底思えないよ。

また大阪に行ったよね？　殺したのか自殺させたのかわからないけど、莉子が手を下したのは確実。陰険で冷酷《れいこく》で執念深くて。ほら、青い大輪《たいりん》の花が咲いた。

それとひまり。あんたは本当に自覚がないかもしれないから可哀想《かわいそう》なんだけど、あんたの中にはいくつかの人格があるよね。お父さんに虐待《ぎゃくたい》されたときから分裂してた。覚えてないのもそのせい。『くめ』もあんたの人格のひとつだよ。だから、消えた人たちは全員あんたが殺してたってこと。法律じゃ別人格の犯行は罪に問われないかもしれないけど、殺人依頼をしたのは紛《まぎ》れもなく主人格であるひまりだからね。家族もそれに気づいて沼を埋めたんだよ。

治療して統合されたように見えて、くめはまだあんたの中にいるね。いきなり悪意が大きくなるとき、多分そいつが出てきてるよ。あるいは、くめよりももっと凶悪な何か。

人間ってふしぎだよねえ。これだけの罪悪を暴露してるっていうのに、その中でも少しだけ嘘をつくんだから。全部吐き出しちゃっても同じことなのに、少しでも罪を小さく見せようとするのは悪人の自覚がない証拠だね。

だって、シリアルキラーってヤツは大抵自分が実際犯した罪よりも多く盛って見栄を張るものなんだよ。本当は十人くらいしか殺してないけど、五十人殺した！　とかね。何と競ってるんだか知らないけど、自分が特別な人間なんだってことを主張したいんだろうね。

でも私も皆と同じ。最初にした話は全部本当ってわけじゃないの。

どこが嘘なのかって？　ああ、整形は本当よ。人間社会に馴染《なじ》むために必要なことだもの。誰かに会う度《たび》に絶叫されて失神されたんじゃねえ。キャハハハハ！

化物の顔って本当に大変。実際化物だから仕方がないんだけどね。

そう、そもそも人間じゃないのよ。山の中でひっそり暮らしていたっていうのに、馬鹿な山賊《さんぞく》どもが襲撃してきたからさ。何度かそういうことあったからね。もうここで暮らしてると却《かえ》って目立つんだってことがわかって、何度めかに賊が村に乗り込んできたとき、私たちは自ら村を燃やして、馬鹿どもを皆殺しにして、その土地を捨てたの。

え？　ああ、そう、気づいた？

私たちは山賊の方じゃなくて、村に住んでた方ね。父親の持ってきたあの古文書の絵は、家に火を放って人を斬《き》り殺してた方が村人たちだったってこと。あんな悪人面《づら》してたんじゃ、どっちが山賊なんだかわからないよね。キャハハハハハハ！

整形するまでアメリカに住んでたのも本当だし、私の顔見た女の子がおかしくなっちゃったのも本当。実際、最初の話で違う箇所《かしょ》はほとんどないのよ。父親の説明もね、本当にそう説明されてた。後で自然とあれは違ったんだって理解するんだけど、幼体の頃は思考がまだ人間に近いから、自分たちが化物っていうことは話さないんだよね。

整形後顔が前のままに見えるのも、勝手に動くのも本当。この顔の表面に張りついているものは、これまで私たちが摂取《せっしゅ》してきた人間の悪意なの。だから、整形なんかじゃ取れないし、そのまま見える。

でも人間らしく聞こえるように色々脚色はしてるよ。たとえば、化物なのに整形手術って変でしょう。特殊なやり方でいじってはいるよ。個体は完全に破壊されなければ自然と再生しちゃうから、変形させた顔を戻さないやり方はある。それは一族の中で研究したみたいね。

私が化物だっていうのを皆に打ち明けなかったのは、初めの時点で私が人間じゃないってわかっちゃったら、まずいだろうなって思ったから。だって本当の話聞いたら、皆どうしてた？　きっと早々に逃げ出したんじゃない？　だから隠してたの。皆の話が聞きたかったんだもの。

村人が神様から貰《もら》った宝物っていうのは嘘。正確に言うと山賊が勝手に作った妄想話をそのまま使ったんだけど。

神様なんていないよ。ただ私たちがいた。人間と似たような形をした、人間でないもの。もしかするとそういうものを、人間が勝手に神様だとか妖怪だとか、悪魔だ天使だって呼んだのかもしれない。皆自分たちと違うものは崇拝《すうはい》するか排斥《はいせき》するかのどちらかでしょう。ただ私たちはそこにあっただけなのに、人間が勝手に入って来て発見したのよ。それで勝手に想像して勝手な逸話を作って、ありもしない宝物を奪おうとした。

私たちはそれを記録に残したの。父親はそれを持ってきて見せてくれて、私たちの祖先は山賊の方なんだっていう嘘の話をしたわけ。

未知の病が猛威を振るうきっかけって、大体人間がジャングルとか自然の中に入り込んだりして動物から病原菌貰ってきちゃうのが原因でしょう。それと同じで、私たちの一族はヒトから離れて山奥に住んでいれば無害の存在だったはずなのよ。

それなのに、人間が入り込んで来て、何度も荒らされたから、仕方なくこっちから出て行ったの。人間の味を覚えちゃったし、仕方ないよね。私たちだって知らなければ欲しいと思わなかったのに。自業自得《じごうじとく》。

世の中には触っちゃいけないものがあるんだよ。見たり聞いたりしちゃいけないものがある。でも人間ってそういうものほど夢中で探しちゃうものなんだよね。自滅プログラムでも遺伝子の中に組み込まれてるのかなあ。

ギュルルル。ググウ。

あ、ごめんごめん。私本当にお腹空いててさ。気にしないで。キャハ。

それで、私たちは山を降りて人間に紛《まぎ》れて暮らし始めたけれど、まあ顔が化物だし受け入れられないよね。だから最初は力ずくで居座った。畏怖《いふ》させて村人を従わせて人身御供《ひとみごくう》みたいに若い娘を貰って孕《はら》ませた。

でも、生まれてくるのはやっぱり私たちの顔だから、人間に産ませても交われないとわかった。表舞台に人間を立たせることで上手《うま》くいく方法を覚えて、私たちは神様のような存在として膨《ふく》らんでいく組織の奥からすべての糸を引いていたの。

そう。神様って私たちそのもののこと。個体はいくつかに分かれていたけれど、精神は共有していたから、実質ひとつの存在よ。人間との間に生まれた子どもたちにもそれは受け継がれた。幼体の頃は普通の人間と同じ思考で、個体が成熟し始めると精神が芽生《めば》えてチェインが繋《つな》がるの。一族との意識の共有ができるのね。そうやって自然と私たちは己が何なのかを知り、これまで私たちが得た膨大《ぼうだい》な知識を吸収していった。

整形の技術が発達してようやく私たちは自らも表に出られるようになった。それで今日の形がある。やっぱり人間生活の中で暮らすと楽しいのよ。キラキラした悪意がいっぱいで楽園みたい。

最初に味わった山賊どもの悪意があんまり美味《おい》しかったから、私たちは磨《みが》き抜かれた悪意の味を求めていた。善人じゃ全然だめ。初めに極上《ごくじょう》のものを味わっちゃったから、舌が肥《こ》えちゃったのね。

え？　人間を食べてるのかって？

うん、そうよ。毎日じゃないけどね。不定期なの。いきなり食べたくなる。そういうときって普通の人間の食べ物を受け付けなくなるのよ。特殊なキャンディを舐《な》めて我慢してるの。人の悪意に似た味を一族で試行錯誤《しこうさくご》して作ったキャンディ。それで少しは空腹を我慢できる。

　日本の年間行方《ゆくえ》不明者数は大体八万人半ばくらい。その後所在確認された人たちを抜けば、見つからない人たちは千人程度。でもこれって届け出が出ているものだけだから、人知れず消えている人たちも入れればもっと数字は跳ね上がると思う。

　だからちょいちょい食べたって全然問題ないわけ。一族の数は相当いるけど、精神はひとつだから、誰かが食べれば皆満足できるの。つまり、肉体が欲しているわけではなくて、精神が求めているのね。人間にとっての麻薬と似ているのかもしれない。でも、あれほど常習性はないのよ。時々発作《ほっさ》が起きるだけ。だって、そんなにたくさんあちこちで食べまくってたらさすがに人間いなくなっちゃう。素敵な悪意の持ち主だって限られてるんだから、大事にしないとね。

　それにしても、一族の古文書に描かれた私たちの顔はまだそれほど物凄《ものすご》くなかったのに、今の私たちは形容詞にも困るほど恐ろしい顔になっているの。もしかして人間を食べ続けたせいなのかもしれない。悪意を貯蓄し続けて、顔も変形したのかな。人間と交わって個体を残しているせいかもしれない。

　でも、これは推測の域を出ないのよね。もちろんその因果《いんが》関係を研究している人たちはいる。でもこればっかりは時間が必要なの。人間の悪意を求めずにいることはとても不可能だから、人間と交配せずに生きる者をより分けてその変化を観察しているみたい。

ん？　え、どうしたの、皆変な顔して。

ああ、冗談だと思ってるのね。そろそろ種明かししろって思ってる。

でも残念ながら冗談じゃないのよお、キャハッ……。

グルルルル。ぐぎゅる。

ああ……、お腹が空いた。ねえ聞いて、グルグル言ってる。すごい音でしょう。お腹壊してるときの音大音量で流してるみたいな音だよね。ああ、涎《よだれ》が垂れそう。ほんとしんどいわあ。でも味付けはしっかりしないと満足できないし。せっかくここまで美味しく育てたんだもの。

ねえ、どうして私たちがわざわざ整形をして人間の中に混じって生活しているのかわかる？　私たちはね、きっと人間になりたいんだと思う。だから人間と交配し、人間に整形して、人間の中で生きているんだと思う。

人間の悪意が殊更《ことさら》美味なのは、それが人間の核だからかもしれない。何よりも人間臭《くさ》いもの、人間の旨味《うまみ》が凝縮されているもの、それが悪意なの。

私たちは精神を共有しているから、死の概念《がいねん》がないのよ。個体がその活動時期を終えても精神は生き続ける。だから人間が自らを殺したり、他者を殺したりするとき、その激情が、荒れくるう悪意が、まるで奇跡のように美しく見える。

動物にはそんなものはないわ。ただ生きるために殺して生きるために食べる。合理的で意味があるのよ。すべては生存のため。

でも人間の犯す罪には意味がない。邪魔だから、障害になるからと消すのは当人にとっては合理的かもしれないけれど、他者の命を奪うことは、その存在そのものを消し去ることが目的でしょう。自分が生きるため、食べるためではなくて、相手そのものを消すことが目的なんだから、その瞬間の悪意というものは本物の虚無なのよ。

誰かを消したいという心。誰かの存在を憎む心。研《と》ぎ澄まされた純粋な悪意は他者の喪失によって自分が満たされるという、人間にしかない稀有《けう》な欲望。

だからこんなにも美しく輝いてるんだ。ああ……素敵。ずっと見守ってきたのよ。SNSで、テレビで、雑誌で、そして大学で。こんなに素晴らしい悪意が揃《そろ》って同じ大学にいるなんて最高。

皆私から声をかけたの覚えてる？　上手く仲よくなれてよかった。でも本当は皆お互いを嫌い合っているんだよね。ううん、それ以下か。だって単なるアクセサリーなんだもの。自分にふさわしいから一緒にいるだけ。

それにしても、人間になりたくて人間に交わって生きているっていうのに、私たちの顔がどんどん人間からかけ離れていくのはすごい皮肉じゃない？

　でも、きっとこれが人間なのよ。表面からは見えていないだけで、私たちの顔は人間の本質を示して進化している。

　だからこんなにも禍々《まがまが》しい形態に変化して……

　ぐるるうう、ギュルルルルウ、ぐぎゅううううう。

　……ああ、もう我慢できない。だめ、だめ、もう少し美味しくしたいの。

　やだ、何、真っ暗。こんなときに電気が切れちゃった。これじゃ話もできないよね。懐中電灯、どこにあったっけ。そう、サイドボードの上だった。

　……あれ？　皆、顔が引き攣《つ》ってる。どうしたの。

　何かおかしなものが見える？　ねえ、何か言ってよ。

　そんな顔しないで。まるで化物にでも会ったみたい。

　ああ……、もしかして、私の顔、そう見えるの？　じゃあ、やっぱりもう限界ね。

　グギュグギュ、ごぷっ、ぎゅるるるっぐるう。

　お腹空いた、お腹空いた。

　オナカスイタオナカスイタオナカスイタオナカスイタオナカスイタ。

　イタダキマ――ス。

おしまい

「きゃあああ――――」

誰の叫び声かわからなかった。全員が同時に叫んだのかもしれない。

暗闇をつんざくような悲鳴の後、懐中電灯の灯りが転がってグルグルと天井を照らした。

闇の中をいくつもの影が踊り回る。

肉の潰れる音。骨を砕《くだ》く音。濡れた塊《かたまり》が飛び散ってボタボタと垂れる音。

しばらくして、騒音は止んだ。

静かな闇を荒い息が重なって波のように揺らしていた。

「あ、灯り……」

誰かが呟《つぶや》く。ゴソゴソと這《は》いずる音。

部屋の電気がつき、すぐにパッと部屋は明るくなった。電灯が切れたわけではないらしい。もしかすると、タイマーで消えるようになっていたのかもしれない。

明るくなった部屋の中、葵《あおい》が、ベッドの上で血まみれになって死んでいた。

グチャグチャになった顔の横には、おぞましい怪物のお面が投げ出されている。

三人は葵の死骸《しがい》を囲んで立ち尽くした。

「何、これ……お面じゃないの」

「葵……あたしたちを驚かせようとしてただけ……？」

「嘘、どうすんの。死んじゃってるよ」

三人は白蠟《はくろう》のように色を失った顔で視線を交わす。

それぞれ返り血を浴びて、手に手に凶器を持っていた。結衣《ゆい》は顔剃《そ》り用のカミソリ。莉子は日記を書くための万年筆。ひまりはトレーニングのためのダンベル。

結衣が葵の喉《のど》を切り裂き、莉子《りこ》は葵の眼球を突き通し、ひまりは葵の頭を砕いた。

それぞれが致命傷を与え、葵は呆気《あっけ》なく数秒の内に事切れていた。確認するまでもなく、生きられるような状態の頭部ではなかった。

重い沈黙の後、次第に冷静に返り、だんだんと事態を呑《の》み込み始める。

「ねえ。葵が驚かせようとしてただけなら、もしかして、自分が化物って話も作り話なの」

「そうかもしれない……どこまで嘘なんだろう」

「でもそしたら、あたしたちは普通の人殺しだよ」

三人は顔を見合わせ、息を呑む。

そして次の瞬間、思わず噴き出した。

「「「今更かあ」」」

ここで一斉に笑うのも奇妙な状況だったけれど、緊張感や恐怖が限界を超えて、一種のハイな状態になっていた。

三人とも初めての犯行ではない。慣れているというわけでもないが、三人で一斉に殺した分、罪の意識も三等分されていた。そもそも、罪の意識自体が空気よりも軽い。

「でも、もし葵が驚かせるためだけに嘘の話してたんだったら、普通にひどくない？　皆正直に自分の秘密暴露したのにさ」

「そうそう、そうだよね。結衣たちは悪くないよ。葵がこんな徹底したサプライズ仕込むなんて思わないもん」

「あたし、マジで葵に食べられちゃうって思ったから、必死で……。だってあのお腹の音すごかったじゃない。仕込みでどこからか音流してたんだろうけど、本気で怖かった。あのお面だって」

喋《しゃべ》っている内に、「これは正当防衛である」という結論が固まってゆく。葵が自分たちを殺そうとしていたのだから、自分の身を守ろうとしてこういう結末になったに過ぎないのだと。

「それにしても、どうしよう。ここって葵の家の所有物だよね。結衣たちが泊まってるのだってもちろん知ってるし」

「暗い内に埋めちゃおうよ。血も全部綺麗《きれい》にして。葵はこの辺には詳しいだろうから、朝から一人で散歩に行ったって言えばスタッフの人たちだって疑わないんじゃない」

「それですぐに東京に帰っちゃえばいいってこと？　でも、すぐに警察沙汰《ざた》になるよね。捜索隊とか出されて……天下のセレブの家なんだから、あたしたちがちょっと埋めた死体なんてすぐに見つかっちゃう」

「でも、結衣たちがやったって証拠なんかないじゃん。知りませんってしらばっくれてればいいよ」

「だけど……この部屋に飛び散った血しぶき、どんなに拭き取ったってだめなのよ、確か。調べれば血液の反応が出るわ。すぐにここで殺されたんだってわかる。死体を検視すれば、死亡時刻だって……」

三人は押し黙る。血まみれの葵の死体を囲んで、どうにかして罪を逃れようと呻吟《しんぎん》する。誰一人友人を殺してしまったことに動揺《どうよう》し悔《く》いる様子はない。そんなことよりも自分たちの身の安全を図る方が、遥《はる》かに大事だからだ。

その内に、ハッといいことを思いついたというようにひまりが顔を上げた。

「そうだ。強盗に襲われたってことにしようよ」

「え……？　こんな山奥で？」

「だって葵はセレブじゃん。それに結衣だってモデルで儲《もう》けてるでしょ。莉子だって印税ガポガポだし」

「私ガポガポなんかじゃないわよ。そこまで売れてないし、税金でどんだけふんだくられるか知ってんの」

「まあまあ。でも、ひまりのアイディア使えるかも。ほら、昼間だって結衣たちの写真撮ってるヤツいたじゃん。誰かの追っかけがここまで来てるかも……あ、そうだ。強盗目的よりも、こんだけ美人が集まってるんだから、乱暴目的はどう？　そっちの方が説得力ある気がする」

「でも、そのくらいの目的なのに、ちょっと抵抗されたからって、葵の顔これだけズタボロにしちゃうかなあ。しかも、あたしたちだけ無傷だし」

話し合いは白熱する。

葵がこの無残な死に様でも仕方ないような凶悪犯で、そして他の三人が無事である理由。

「やっぱり乱暴目的は無理があるよ。レイプしようと思ってた女の顔こんなにする？　結衣だったら首絞《し》めるとかにするよ。だって返り血だってついちゃうし面倒じゃん」

「でも、そういう犯罪者の男って女への憎悪があるじゃない。むしろそういうミソジニストの方が女の顔を傷つけたがるんじゃないの」

「そうするとやっぱり被害者が一人だけっていうの、おかしい気がする。強盗目的にしても、コテージの一階だけ見て出て行くなんてことないでしょ。二階に行って葵だけに気づかれて葵だけ殺すっていうのもなあ……あたしの方が気配には敏感な気がするし」

「三人揃《そろ》えば文殊《もんじゅ》の知恵って言うけど……この三人じゃちょっとだめか」

　ため息を落とす莉子に、結衣が片眉を上げて鼻を鳴らす。

「なあにそれ、結衣とひまりが馬鹿だって言いたいの」

「そりゃ、あんたたちは馬鹿だと思うけど。結衣なんて悪知恵働きそうなんだからもっとないの、いいアイディア」

「じゃあ悪知恵も働かないあたしはただの馬鹿ってことかあ」

「しょうがないじゃん、ひまりは走るのだけが能なんだから。その別人格引っ張り出してくれば何でもやってくれそうだけどさあ。っていうか莉子が出してよ。いい考えあるでしょ、一応何かシコシコオナニー小説書いてんだろうし」

「へえ。言ってくれるじゃない。だからあんたはバカだって言ってんのよ。理解できない自分をもっと恥じなさいよ。男のことしか考えてないからそうなるのよ」

まとまりかけた結束はいとも容易《たやす》く軋《きし》んでゆく。焦りと困惑は怒りと苛立《いらだ》ちに変わり、やがて悪意が膨《ふく》らみ始める。

「そもそも何で三人で一斉に葵殺そうとしてるの。皆短気過ぎる。そりゃ、私だって相当怖かったし正当防衛だけど、こんな一度に急所狙わなくてもいいじゃない」

「もう終わっちゃったこと言っても仕方ないってば。葵をこんな状態にしちゃったのはあたしたちだもん。この状況が不自然じゃないようにするには、どうすればいいのか、考えないと……」

「わかった！」

唐突《とうとつ》に、結衣が妙なテンションの高さで声を上げる。

「完全に無傷なのがだめなんだ。皆ちょっと傷つけ合った方がいいんじゃない」

そう言うやいなや、結衣はカミソリを持った手を振り回した。

刃は莉子の胸元を切り裂き、肉が開いて血があふれ、莉子は痛みに飛び上がった。

「や、だっ……、嘘でしょ、何すんのよ！」

「だからぁ、抵抗したけど傷つけられたっていうくらいの傷があるべきでしょ？」

「それなら結衣だって怪我《けが》しなよ」

出し抜けにひまりがダンベルを投げつける。反射的に顔をかばった結衣の左腕に当たり、ゴキッと鈍い音がして、「ギャッ」と結衣は潰れたカエルのような叫び声を上げた。

「い、いったぁーい！　痛い、やばいよお！　これ、折れたかも！　すごく痛いよお！」

「それくらいじゃ折れないでしょ。ヒビも入んないよ。あ、でも結衣ダイエットしてるなら骨弱ってる？　だったらポキッといくかもね。バーベキューの後もトイレで食べたものゲーゲー吐いてたし」

普段のひまりらしからぬ残酷《ざんこく》な物言いに二人はギョッとする。葵の言う『別の人格』になっているのかもしれない。ひまりの話の中の『くめ』だろうか。

結衣はとうとうプツンとキレた。

「おい、ふざけんなよ！　撮影あるんだよ結衣は！　どうしてくれんのこれ!?　テメエ、結衣の体にいくら保険かかってるか知ってんのかよ!?」

「結衣ねえ、あんたが最初に傷つけ合おうって言ったんじゃない。まさか自分だけ綺麗な体でいるつもりだったの？」

激情に火がつき、結衣は唾《つば》を飛ばして叫びながらひまりに飛びかかる。突き飛ばされて床に倒れたところに馬乗りになり、結衣はカミソリをひまりの頰《ほお》に深々と走らせた。

　噴き出た血を浴びてケラケラ笑う結衣の肩に、莉子の万年筆が突き刺さる。結衣は仰《の》け反《ぞ》って動物のように叫んだ。莉子は冷然と結衣を見下ろしている。

「あんた、顔傷つけるとかやり過ぎ。しかもそれ一生残るレベルでしょうが。さすがプロのいじめっ子。最悪だよ」

「はあ!? ふっざけんな。莉子、デブのくせに結衣の体に傷つけやがったな、このブタ！」

「ギスギスの体で寄せ集めてようやくBの女に言われたくない。っていうかもうアンタにはうんざりだよ。さっきの話聞いたときからずっとムカついてた。前からバカだと思ってたけどここまでとはね。あんたは制裁を受けるべきよ」

　顔中を血潮《ちしお》に染めてひまりが笑う。

「それはあんたも同じなんじゃないの、莉子。ダブスタほんとすごいよね。いや、そういうの小説的には第三者視点っていうのかな。作家って皆そういう風にエゴイストなの？」

　結衣は怒りで血走った目を見開き奇声を上げて莉子に飛びかかる。ひまりも素早く起き上がって床に転がったダンベルを取りに行き、もつれ合い獣のように叫びながら傷つけ合う二人の上に振り下ろす。

　怒号と絶叫と、暴れまわる激しい音がコテージの二階に響き渡った。三人は血まみれになって、互いを憎しみの目で睨《にら》み合いながら凶器を振るった。

すでに現場を工作する目的ではなく、お互いを破壊し、殺すことも厭《いと》わない憎悪があふれていた。

莉子が結衣の頰にペンを突き刺し、結衣は莉子の腕をカミソリで裂く。ひまりは結衣の体をダンベルで殴《なぐ》りつけ、莉子の顔面に突撃する。莉子はひまりの太ももを刺し、結衣は凶器を振り回す。互いの血しぶきで皆の顔は凄惨《せいさん》な赤い色に彩《いろど》られ、美貌《びぼう》は悪鬼のように歪んで捻《ね》じれ、元の美しさは見る影もない。

「ギャアア！　莉子、テメエ結衣の顔に穴開けやがったな！　ひまりのせいで全身打撲《だぼく》だらけだし骨イカレてるし！　テメエら、ぶっ殺してやる！　地獄で後悔《こうかい》させてやる!!」

「アンタが私の利《き》き腕切るからよ！　キーボード打てなくなったらどうすんだよ！　ひまりには前歯折られるしもう散々よ!!　アンタたちが死なないと、こんなの許せないから!!」

「莉子だってあたしの太もも刺したじゃないの！　さっきから血が止まらない。これ、太い血管やられたよ。結衣に切られた頰もヤバイ、頭クラクラする……死ぬ前に絶対あんたたちも殺すからね」

ギュルグルルルウウウウウ!!

ふいに、その騒音を掻《か》き消すように、凄《すさ》まじい轟音《ごうおん》が鳴り響く。

ガギュウウウ!!　ぐぽっごぷっグブルルルウ!!

三人の動きが止まる。

顔を見合わせ、奇妙な音に聞き耳を立てる。

ぐぎゅううう、グルルルウ!　ぐぽ、ご、ぽぐっ、ギュウウウウウウ!!

「……ねえ、これって」

莉子の言葉が、喉《のど》の奥で凍りつく。

莉子の上に乗った結衣は、自分たちの上に落ちた影に硬直する。

ひまりは持っていたダンベルをゴトリと落とし、失禁した。

ズタズタになったはずの顔が、更に歪《いびつ》な形に変形し、絞《しぼ》り上げたような凄惨な皺《しわ》が顔中に刻まれ、真っ青な肌の葵が――化物が、立っている。

八つに割れた口から血液混じりの涎《よだれ》が間断なく垂れる。激しく鳴り響く腹の音は次第に生き物の鳴き声のようにうねり始める。割れた頭蓋骨《ずがいこつ》の中でピチピチと魚が跳ねるように赤い粘着質なものが蠢《うごめ》いている。

「殺し合い始めちゃうなんて、計算してた以上。すごい」

声は葵だった。いつも通りのなめらかな声音《こわね》。

怪物のお面は、血まみれのベッドの上にあるままだ。

葵はミミズが顔中で蠕動《ぜんどう》するように皺を微細に動かした。それが笑い顔だと理解できた者は三人の内にいただろうか。

「最後の、最高の味付け、ありがとう。皆、素敵な友達だよ」

葵は口を開けた。

どんどん開いていって、一メートルほどになり、生温かな粘膜が、愛《いと》おしげに三人を包み込んだ。

＊＊＊

テラスには心地よい涼風が吹いている。

秋を感じさせる冷ややかな陽光が落ち、少年の透き通るような白い肌の上に街路樹のざわめく影を踊らせる。

黒のスキニーパンツに包まれた長い脚を組み換え、少年はふっさりとまつげを伏せ手元の端末をいじっている。頼んだホットコーヒーは少し冷め始めているものの、少年は猫舌なのでちょうどよかった。

電子書籍は持ち歩きにはいいけれど、目が疲れる。やはり紙の本を持ってくるべきだったと少し後悔しながら、ぬるくなったコーヒーに口をつける。

そんな少年の一挙手一投足《いっきょしゅいっとうそく》に、周囲の人々は自然と見惚《みと》れ、注目してしまう。モデルだろうか、俳優だろうか——けれど、彼ほど美しい少年は他に見たことがない。

「あ、駿《しゅん》くんだ」

名前を呼ばれて、少年は目線を上げる。声をかけた少女は、目の覚めるような美しい黒い瞳に見つめられて、さっと頬を赤くした。

「吉元《よしもと》、何してんの」

「何って、ただの買い物」

彼女は駿の高校のクラスメイトだ。長くアメリカ暮らしが続いていたので、日本のことを教えて欲しい、と自己紹介した駿に積極的に絡んでくるクラスメイトは多いが、その中でも彼女は相当執拗《しつよう》に駿を追いかけていた。

「偶然だね」と恥ずかしそうにはにかむけれど、彼女が休日まで自分をつけ回しているのを知っている駿は、鷹揚《おうよう》に微笑《ほほえ》んだ。

「ねえ、ここで何してるの。もし、よかったら、私と……」

ワンピースの裾《すそ》をいじって躊躇《ためら》いながら誘いかける少女の声に「駿、お待たせ」という声がかぶさる。

苛立《いらだ》ちを隠せず表情に滲《にじ》ませた少女が振り向けば、その目は驚きに見開かれ、すぐにのぼせ上がったように顔が赤くなる。

そこには駿によく似た女性が立っていた。大輪《たいりん》の薔薇《ばら》が咲いたような、誰もが振り返るような絶世の美貌《びぼう》。スラリとした美しい肢体《したい》には気品が漂い、駿と二人で並ぶとまるで絵画のように美しい。

「あら。この子、お友達?」

「うん、そう。学校のクラスメイト」

駿が紹介しようとすると、彼女は慌てて「邪魔してごめん、またね」と小走りに去って行った。葵の隣に立っていたくなかったのだろう。

葵は真珠《しんじゅ》のような歯をちらりと見せて笑った。その表情のひとつひとつに魔力があるかのように魅惑的である。

「彼女、きっと勘違いしてるよ」

「うん、いいよ。別に……どうせ学校で聞かれるだろうし、そのとき話す」

姉弟は仲がいい。今日も休日にそれぞれの用事を済ませた後待ち合わせをして、食事の後映画にでも行こうかと話していた。

駿の向かい側に座り、葵は去って行った少女の残り香を嗅《か》ぐように陶然《とうぜん》と目を閉じた。

「ねえ……あの子、いいね」

「いいだろ」

駿は赤い唇を美しい笑みの形に歪ませる。

「俺に構ってた女子の一人、階段から突き落として骨折させてる。他にも仲間はずれにして不登校にさせたり。こないだ担任の女教師が俺に色目使ったって思い込んで、鬱《うつ》にさせるくらい嫌がらせしまくってる」

「最高じゃない」

葵の胸が弾んだ。彼女の背後に見えた、深い暗闇の奥に星のように瞬く可憐《かれん》な光。芽生《めば》えたての禍々《まがまが》しい悪意は、まだ光るのを躊躇うように淡く滲《にじ》むようで、とても可愛《かわい》らしかった。

「他にもいるの」

「ああ、いる、男で最高なのがいる。俺のこと殺したいほど憎んでる。さっきの子のことが好きらしい。陰険で根暗で誰も友達がいないヤツ。毎日俺に色んな嫌がらせしてくるんだ。弁当に釘とか入れられててさ。あんまり興奮してそのまま食っちまったら、アイツすげえビビってた」

「ちょっと、ちゃんと人間らしくしなさいよ。逃げられたら元も子もないでしょうが」

軽く弟を叱《しか》りつけながら、葵も興奮している。駿が最高と言うくらいなのだから、その男子もとても素晴らしい悪意を飼っているのだろう。

「そろそろキャンディ、欲しいかも」

ぽつりと呟《つぶや》かれた弟の言葉に、葵は切れ長の美しい目を瞠《みは》る。

「え……もう？」

「夏に三人も食べたばっかりなのにな。何でだろう」

「最近、少し間隔が狭まっているみたい。前から言われてきたことだけど、ちょっと加速してるような気がするね」

「何が起きてるんだろ」

葵は店員にレモンティーを頼む。初秋の穏やかな風が、真夏の惨劇《さんげき》などまったく知らないというような、葵の柔らかな頬《ほお》を優しく撫《な》でてゆく。

「私たちを誘惑するような悪意が多過ぎるのかな……そりゃ千年前に比べたらヒトの数自体増えてるし、世界規模で色々把握《はあく》できる時代だものね。刺激され過ぎてるのかも」

「それとも、俺たちの時代が来てるのかな」

「なあに、それ」

弟の芝居がかったような台詞《せりふ》に姉が笑う。

「俺たちはヒトになりたくてこうしてここにいるけど、徐々に俺たちの数の方がヒトより増えていくんじゃないのかな、って」

「それってある意味悪夢だよ。世の中に悪意を持たない善人しかいなくなったら、私たちの楽しみがなくなっちゃう」

「でも、そそるものがなければ発作《ほっさ》は起きないじゃんか。そのときに俺たちは本当に人間になれるんじゃないの」

葵は俯《うつむ》いた。ピンクのフレンチネイルを見つめながら、悪意を求めることのない自分たちの姿を思い浮かべる。

「私たちは、ヒトの悪意に惹《ひ》かれて山を降りたのに……悪意のないヒトの中で生き続ける意味がある？」

「そのときはそのときだろ。今のところこの世界以上に面白い場所はないし、俺たちは食べたいものを食べたいときに食べるだけだ」

葵は「そうだね」と頷《うなず》いた。

今も通りを歩く人々は大小色形様々な闇を纏《まと》って往来する。

そこには夏に味わったあの三人の悪意よりも美しくきらめくものはなく、どこか寂しい心地がする。

何よりも鮮やかな麗《うるわ》しいヒトの華。研《と》ぎ澄まされた悪意に染まったみずみずしい肉の味。

ギュル、と微《かす》かに弟の腹が鳴る。

葵は喉《のど》を鳴らして、あの得も言われぬ素晴らしい感覚を反芻《はんすう》するのだった。

※この作品はフィクションです。実在の人物・団体・事件などにはいっさい関係ありません。

集英社オレンジ文庫をお買い上げいただき、ありがとうございます。
ご意見・ご感想をお待ちしております。

● あて先
〒101-8050　東京都千代田区一ツ橋2-5-10
集英社オレンジ文庫編集部 気付
丸木文華先生

集英社
オレンジ文庫

誰にも言えない

2018年11月25日　第1刷発行

著　者　丸木文華
発行者　北畠輝幸
発行所　株式会社集英社
〒101-8050東京都千代田区一ツ橋2-5-10
電話【編集部】03-3230-6352
【読者係】03-3230-6080
【販売部】03-3230-6393（書店専用）
印刷所　図書印刷株式会社

※定価はカバーに表示してあります

ISBN 978-4-08-680223-9 C0193